似水流年

肖毅彪 著

CFP 中国电影出版社
2024 · 北京

图书在版编目（CIP）数据

似水流年/肖毅彪著.-- 北京:中国电影出版社，2024.8

ISBN 978-7-106-05601-8

I.①似… Ⅱ.①肖… Ⅲ.①中国文学－当代文学－作品综合集 IV.①I217.2

中国国家版本馆CIP数据核字（2024）第031564号

责任编辑：王　宁
责任校对：滕　森
责任印制：孙维维
装帧设计：云上雅集

出版发行　中国电影出版社（北京北三环东路22号）邮编：100013
电话：64296664（总编室）　64216278（发行部）
64296742（读者服务部）　E-mail：cfpbjb@126.com
印　　刷　长沙市精宏印务有限公司
版　　次　2024年8月第1版
印　　次　2024年8月湖南第1次印刷
开　　本　880mm × 1230mm　1/16
印　　张　15
字　　数　200千字
定　　价　88.00元

序

◎黄光荣

忽一日，作家肖毅彪拿着一本名为《似水流年》的作品样本来到我的办公室，请我为他作序。

本想委婉推辞，看着肖毅彪执着、真诚的样子，我只好对他说："先放我这儿，我看看再说吧。"

肖毅彪和我是战友，是同年兵，曾在同一个部队服役。虽然早就认识，但平时并没有什么交集，他在湖南日报社邵阳分社做华声在线邵阳频道新闻编辑10多年，我与他经常在市委大院内碰面，战友相见，也只是互相点点头而已。

答应了人家，又是战友相托，还是要用点心的。我利用了几个晚上的业余时间，抽空翻看了肖毅彪的这本集子，拜读了他的不少文章，作品洋溢着浓烈的家国情怀，凝聚精神文明建设正能量，蕴藏着人生许多所思所悟，让我很感怀，禁不住为我们邵阳的这位作家，为我这位上进心极强的战友鼓与呼。

《似水流年》是肖毅彪继2013年出版的纪实报告文学集《人生何处不起飞》一书后的第二本著作。

这本书分“华年锦时”“锦绣河山”“朵颐四方”“上下古今”共四辑。

第一辑中，作家选用了发表的小说、散文等作品。《相亲》《迟启的情书》《厂办来了个女秘书》等，写的都是工厂的故事，作品散发着浓郁的生活气息。这些作品一般都比较短小，要写得自然且有韵味，就如戴着镣铐跳舞，确实是很难的，正因为难才值得读者去啃、去嚼。

作者很有才情，且看他写人：“云姨打着一把与她年纪很不相称的红色遮阳伞走在前面，她那微胖的身体穿着一条过紧的棕色健美裤，那滚圆的屁股，就像一对轻轻摇晃的圆球。”（《相亲》）短短几句，刻画了一个热情大方、开朗活泼、浑身洋溢着活力的中年女性形象。

作者知识面丰富，词语的积累和运用往往恰到好处，比如《穿在身上的画卷》：“她婀娜多姿，光彩照人，含蓄而不外露，既综合了东洋和服和西洋比基尼的优点，又梳理了女性优美的曲线，掩饰了东方人的某些不足，含蓄中，还蕴积着一种泱泱大国的气度，凛然而又可亲近，并且通过面料、色泽和开衩的程度，向人们传递微妙的信息，就如一本优美的散文书籍，让人们阅读和品味……”用一段诙谐的文字对中国的旗袍做精准描述。

当然在这一辑里，作者还有很多充满生活情调、气息浓厚的好文章。在此不再评述。

第二辑“锦绣河山”，作者选用发表的游记散文，从字里行间透露出作者对祖国大好河山的热爱，抒发了作者真挚的爱国情怀。

通观每一篇文章，作者行文活泼，结构严谨，层次分明。让人读后仿佛欣赏了一幅幅色彩鲜明、格调激昂的水彩画。

比如：“奇峰千仞，倒映溪间，离合明灭，迷人至深，青岩绿树与清溪碧潭相映，构成一幅幅天然山水丹青，把金鞭溪点缀成了令人陶醉的水彩画廊。”（《忘情武陵源》）“人过山崖下，站在瀑前看瀑面，飞瀑如一条巨大的白头巾。再看潭底，青苔如织，碧水清澈见底，游鱼可数，水波碧绿荡漾，群山倒影，犹如画中游。”（《奇山异水杨家界》）“崀山的奇特山川，复杂的溶洞，拔地而起的奇峰异石，神秘莫测的幽谷，碧绿清澈的江水……真是让人顿起一种‘说不尽山水好景，但付沉吟’的绮丽文思、豪迈诗情！”（《紫霞峒走笔》）“站在顶楼，凭栏远眺，八百里洞庭湖展现在眼前：果然是‘衔远山，吞长江，浩浩汤汤，横无际涯’，无怪乎‘迁客骚人，多会于此’为岳阳楼留下了无数诗篇。而远处的君山大小二岛，隐约浮现，恰似美人眉黛，犹如两颗明珠，赋予这无垠的湖面以浓郁的诗情画意，阳光的晦明变化，波光的诡谲奇幻，恐怕连善绘丹青的大师到此也觉技穷了。”（《岳阳楼头洞庭波》）……这些文章，难怪这么有市场，能够得到全国各地报刊众多编辑的欣赏和青睐。

游记散文，理性色彩的渲染无须太过于浓厚。它应该是感性的、直观的，能够引导读者跟着作者的行（文）程自然而然地将种种佳境带至面前。作者大多能够很好地抓住景点的特性，把景区中的各处景点深化，仅以《走进洪家山》一文为例，作者采用由远及近、由近及远，或由上到下，或由下到上，或从中间到四周，从四周到中间，把纷繁复杂的景物和一个地方的自然环境、人文历史，描写得井井有条，多而不乱，摆在读者面前的是一幅徐徐展开的山水长卷，丝毫不显雕饰之痕迹。最后，作者在文中这样写道：

“小时候，我常听老一辈人念叨，说当年洪家大山被梅四保埋有金银十八窖，有民谣曰：‘大坳对小坳，金银十八窖，窖窖十八块，块块十八斤……’民谣传承了数百年，至今没有人发现一处宝藏，但如今在我眼里，在这一方青山绿水中，120多座大小山头连成的洪家大山，它的每座山都是金山银山。”

同时，作者抓住了景物的特点来写。抓住了特点再运用比喻、拟人、联想等多种手法描绘景物，做到绘其形，传其神。

除此之外，写游记既要有“面”的渲染，也要有“点”的精耕细作，还要有惜墨如金的粗线条勾勒，如此方能中心突出，主题鲜明。作者还能及时把握好遣词造句，往往恰到好处，使文章长不显俗套和繁乱，短不觉空虚和乏味。

第三辑的“朵颐四方”，实际是作者游记散文中的一部分。人的一生离不开吃。吃是一种快乐，一种文化，更是一种修养。中国地大物博，不同的地域有不同的物产，当然也就诞生了名目繁多的各种风味食品。

美食作为一种文化，用美食讲述百味人生，用美食讲述中国故事。作者以怡然称快的笔调娓娓道来，看作者结尾：“我们慢慢地饮着酒，嚼着荷叶粉蒸肉，啃着‘六月红’河蟹，眺望窗外河道对面的一盏盏渔家灯火，听着远处传来的茶馆人声，完全陶醉在水乡古镇氤氲的水汽中……此时，我不禁想起了魏允贞游岳阳楼的一句诗：‘谁为天下士，饮酒楼上头。’可惜，我们都不胜酒力。”（《西塘糕点美　名馔味亦浓》）“西街的夜景是很迷人的。灯光把整条街照得通明，霓虹灯交织着大红灯笼，有种迷离的感觉。一到夜晚，这里的居民都会把椅子和桌子摆在街道的空隙处，三三两两的游人随便就能找个地方坐下，要扎啤酒，坐下来慢慢浅酌……感受西街的夜色美景，不用去泡酒吧，也会有一种意想不到的感受。”（《游梦中山水

品桂林美食》）

看作者对场景和人物内心的描述也是生动有趣："我们随意选择了一家酒吧，步入其内。只见五彩缤纷的灯光映照着舞台，几位高大、丰满的黑皮肤姑娘正在跳着充满诱惑的草裙舞。旁边的爵士鼓手、键盘手在卖劲地敲击和弹奏着各自的乐器。左边的吧台已被各种五颜六色的洋酒所充斥，两位年轻的调酒师忙活着调酒，眼光不时地瞟着舞台。"（《澳门，从中餐馆到酒吧》）

你看作者写得多么幽默和值得玩味。

第四辑的"上下古今"，作者选用了两篇纪实文学作品。写纪实文学历来是作者的强项，作者的第一本书《人生何处不起飞》就是一部记录真实生活的厚重的纪实报告文学集。《文渊学海探骊人》《侗族歌手王馨：用歌声为人生架起美丽的彩虹》为人物纪实，写的都是现实生活中的人和事。邹宗德是中国联坛十秀之一，中国楹联最高奖获得者；王馨却是邵阳走出的侗族歌星，央视《争奇斗艳——少数民族冠军歌手争霸赛》侗族冠军，央视《寻找刘三姐》全国总冠军。两位人物的出生年代和背景都不一样，所从事的职业也不同，不同的社会身份意味着不同的社会责任，他们在各自的领域能力突出、表现优秀、乐于奉献，这是值得大力去赞颂和宣扬的，唯有这些充满正能量的人物故事，才能给人以积极向上充满激情的动力。

从这本书中，我们不难看出，作者涉及的题材领域广阔多样，作家的现实关注和历史思考理性深入，文学表达的自觉也不断增强。作者这种接地气、直抵现场的写作姿态和社会现实担当精神，这种积极努力建树文明信仰和核心价值的追求，正是文学创作走向社会现实和历史大舞台的一种很好表现，是非常需要给予热情支持与点赞的。文艺工作者就是要顺应时代潮流，紧贴人民生活，把眼睛“往下看”，将脚步“往下走”，创作出更多的优秀文艺作品，唱响主旋律，弘扬正能量。

作家肖毅彪有着丰富的社会生活阅历和经历，自小在农村长大，经历了艰苦生活的磨砺，当过兵，在部队这座大熔炉里淬炼成钢，经过血与火的战场洗礼，退伍后，在工厂当过工人，干过行政和政工，经历过下岗、上岗、失业，还在新闻媒体做过10多年的编辑。但无论肖毅彪处于何种境地，干何种工作，他始终常念家国在心怀，乐观地去面对人生，一路走来，踔厉奋发、笃行不怠，他所有的付出与努力都没有被辜负。

肖毅彪是“全国知识型职工先进个人”“湖南省十佳知识型职工”“湖南省青年自学成才奖”“邵阳市十大杰出青年”“邵阳市劳动模范”“邵阳好人”等多项荣誉获得者。在默默奉献的人生道路中，肖毅彪用辛勤的劳动和突出的业绩描绘出了一幅绚丽多彩的人生画卷。

（黄光荣系邵阳市委宣传部常务副部长、市新闻出版版权局局长）

目录

第一辑 华年锦时

第二辑　锦绣河山

第三辑　朵颐四方

第四辑　上下古今

第一辑

华年锦时

企石记忆

从湘中娄底驾车往北，再向西行驶30公里，在娄底、宁乡与涟源三地交界处，有一名叫企石的山村。山村不大，四周被高高的山梁环绕，中间的凹部和四周山腰处七零八落地住着百十来户人家。一条丈把宽的小溪由上而下蜿蜒，把村庄分成两半，对面尖子山山脊上耸立着一座宝塔，三峰交叉其间，在凝重古朴的阳光照耀之下，犹如一幅鲜活的山水画卷。

这是个美丽的村庄。

在我3岁那年，我家因出身问题迁到这个山村，一待14年。14年，它留给了我童年和少年时期太多的回忆。

那时候的企石很穷，不通电不通公路，读书的学校就在尖子山山腰下的一座庵堂里，那是一座晚清时期的建筑，青砖砌成。两三个老师，教5个年级。教室是烧香拜佛的大殿改建而成的，并列两个不同年级的班。坐在里面读书，教室的横梁上经常有两三条曾经闻惯香火气味的“神蛇”光顾。最初，同学们会发出一声声惊叫，久而久之也就习惯了，因为这些“神蛇”从未伤过人。那时读书很轻松，半天课，语文课本上的拼音因老师不会教而全放弃，没有家庭作业。放学回家吃过中饭后，伙伴们就三五成群地上山放牛、砍柴、割草。到了读二三年级时，放学回家后，不只是放牛、砍柴、割草这些轻松活儿了，挑着簸箕到三四公里路以外的乌云山煤窑去挑煤回家，或者再行三四公里路送到对面联冲石灰厂，换取几个油盐钱。我第一次挑煤时只有9岁，不知轻重的我，挑了13公斤煤块与队里的几个伙伴往回走，一出煤窑就得翻越一座300多米高的山麓。这上山的路又陡又窄，几乎没有歇脚的地方，我只有咬着牙，一手抓扁担，一手扶膝盖，喘着气一步一挪地爬山。等爬上山坡，衣衫都湿了。在山顶上只歇了几分钟，又得下山。下山的路都是些窄窄的磨得光滑的青石板路，稍不小心，很可能连煤带人从山顶滚到山脚。我人小，挑煤站不住脚，只好挑着担子一溜烟似的小跑。后来实在不行了，同村一位大姐从我簸箕里拿出几块大的煤块放进她的簸箕里帮我挑着，减轻了我的负荷。那一次，我换得了一角三分钱的脚力钱。后经过一年又一年的磨炼，随着年龄的增长，到我读初中时，我能挑着30多公斤重的担子，翻过洪家大山，到邻近的宁乡田坪去为家里换猪崽，来回走几十公里的山路也不觉怎么吃力了。

在那时的企石，还有一件令人烦心而又无奈的事，就是为家里碾米。全村800多人口的口粮，就靠村（那时称大队）一台柴油碾米机碾出来，碾米的速度慢，又规定了时日，这样使得碾米那天，碾米者常常汇成了一条长龙，队伍往往排过学校操场。冬日，寒风呼呼地刮着，穿着单薄的我，常常冷得直打战；夏日，炎炎的太阳下照着，皮肤晒得出油。要是你前后排着几位大胆的风流大嫂，她们除了会与男人们打情骂俏，毫无顾忌地讲着痞话之外，有的甚至脱掉身上那被汗水浸湿的汗衫，拎在手中，当扇子一样地来回摆动着，夹杂其中，常被那汗水、奶水甚至狐臭混杂在一起的气味熏得头晕。

碾米机经常坏，等待的心情更烦躁，要是十天半月修不好，还得挑着谷子走约10公里山路，到邻村去碾。碰上下雨天，走在湿湿的山路上，一不小心摔倒了，那谷子或米倒地，在连杂粮也难吃饱的年代，那粮食就如黄金一样珍贵，会心疼得弯腰一粒粒把它拾掇好，哪怕是伴杂着泥土的米粒，也舍不得丢弃。

那时的企石，人们的娱乐生活也很单调。记忆深刻，最使人高兴的一件事，就是每月一次的电影。当从学校或村里的广播中听到村支书派人到邻村担放映机时，那天大家的心情始终沉浸在一种兴奋之中。到了傍晚时分，有时连晚饭也懒得吃了，到红薯地里扒两个红薯或从家里的箩筐里抓几把红薯米，与伙伴们一道边吃边往放电影的学校操场赶。当幕布一挂，发电机一响，银幕下早已坐满了男女老少，黑压压地到处都是人，这是全村最热闹的一天。

除了看电影外，还有一点最能吸引年轻人的是，公社电影队里的那个年轻漂亮的女放映员，在当时很闭塞的山村里，她可算得上是全乡年轻人心中的偶像。放电影时，年轻小伙们会有意无意地往她身旁靠，想与她搭上几句话。她是邻村人，每次放完电影后，她要回家去。回去的路是一条好几公里长的路，被人称作鬼打死人的大峡谷。于是，村党支部书记就把送她回家的这项光荣任务交给那些根正苗红的青年后生仔，谁要是得到这个光荣的任务，谁就要自豪好几天。第二天，他就会在同龄同伴们面前吹嘘："昨天晚上，放映员是我们把她送回家的，她对我可好哩！"那时我还小，我哥和这个放映员是同龄人，还是高中时的同学，他也很想得到这个光荣的任务，每次欣然前去，却是失望而归。因为我家的成分不好。不过，我哥不知怎么搞来了一张她的照片（也许是高中毕业时同学们互赠的吧），他很珍惜地放在他那蓝色的塑料钱包夹里，有时无意识地拿出来，同村的伙伴们看到后好生羡慕。

一晃30年过去了，回想儿时在企石经历过的这些人和事，倍感亲切，令人难以忘怀。今日，当我重返企石时，过去那个贫穷的山村已不再封闭。虽然山还是过去那山，溪还是过去那溪，但路已不再是儿时我挑脚的那条崎岖难走的山道了，替代它的是一条新修的沿着长长的峡谷盘旋而上的水泥路。登上山顶，看山凹部和四周山腰的树荫下耸立着一座座小洋楼，楼顶上一只只卫星电视接收器，在阳光的照耀下熠熠生辉。陪同我同行的哥说：“企石变了！”是啊！企石变了，变富了，但企石过去的记忆却永远地留在了我心里。

小小红苹果

去年，我买了一套新房，新房的每个单元门都安装了电子开门器。住进没多久，家人却常常很烦恼，他们常因别人按错房门号而义务替别人开门。

不久，我发现经常按错号的是楼上那个八九岁的小男孩。那是个走路走不稳、说话说不清的有智力障碍的孩子。有一次我走近一楼大门时，那个孩子正在乱按门铃。这时，我才发现原来门铃装得过高，他家又住在顶层，小孩子怎么伸手也只够得着我家的门铃号。

原来是这样。我没有去责怪那孩子，赶忙拾来两块红砖，替孩子垫放在他脚下，要那孩子站上去。我指着他家的门号，做着动作，耐心地教他："1602——是你家的。"然后，我又指着我家的门铃号，对他说，"1502——是我家的。"

这样比画着，反复做了数次后，那孩子明白了我的意思。然后，我就要他按他家的门铃。门铃按过后，传来了一位女人的声音："谁啊？"孩子一听，结结巴巴地喊着："妈妈，开门，开——开——门"。

这时，门咚的一声就开了，孩子可高兴啦。

我扶着门，让他先进去，孩子回过头来对我笑。

我对他竖起大拇指，称赞说："你是好样的！"

为了不使那两块红砖移动，我用水泥固定了。从此以后，那孩子再也没有按错门铃。

从那以后，孩子见了我，总要亲切地叫我叔叔，尽管他说话很艰难，语句不是很清晰。这时，我就爱抚地摸摸他的脑袋，鼓励他："好样的，是个好孩子。"

一天早晨，我因写一篇材料熬了夜，起床晚了，匆匆洗脸后，就下了楼。在楼下，我又碰上了那个孩子。他叫了一声叔叔，我答应了一声，推着车子就走。骑在车上，隐约听到他还在叫，我怕迟到，没有回头。

到了单位门口，还没来得及进办公室，就被领导叫上跟他去市里办点事。回到单位已是上午11点多了，进办公室时，我摸屁股后面的钥匙串开门。糟糕！不知什么时候，我把钥匙丢失了。

这一下，我有点急了，办公室的钥匙与家里的防盗门钥匙都是连在一块儿的。这一丢，关系到好几把锁，尤其是家里的防盗门钥匙，要是被一些不怀好意的人捡了，家里的安全就无法保证。换一把锁，就要好几百元钱呢。

无心上班了，从妻子那里拿到家里的房门钥匙，提前回了家，上了楼梯，发现那个小孩子坐在我家房门口的楼梯上打着瞌睡。

我叫醒他，惊喜地发现，他手里拿着我丢失的那串钥匙。孩子见了我，很高兴，他把钥匙给了我。然后很艰难地说："叔——叔——早——晨——上——班，在——楼——下——丢——失——的。"这时，我明白了，一定是我早晨上班时，钥匙没有挂牢，推车走的时候碰落的。刚好被那孩子看到了，他叫了我，但我没有理睬他就走了。他就拿着我的钥匙，一直坐在我家门前等我下班回来。

我好一阵感动，忙把那孩子引进了屋。我端出一筐洗净的苹果，放在桌上，要那孩子自己挑选，那孩子看了看，没有去拿大的，而是挑了一只小的但红透了的苹果。

这时，我突然感悟：智力障碍的孩子，其实就像他手里拿着的红苹果一样，不管它基础如何，只要有阳光照射、雨露滋润，同样能够成熟，同样令人喜欢。

相　亲

复员不久，邻居云姨就为我牵线搭桥，介绍对象。那是她的远房亲戚，住郊外的工厂里。

一个星期日的上午，云姨早早地来通知我，要我提前做好准备，下午带我去相亲，还特意指了指我身上穿的那身旧军装。于是，我翻箱倒柜，找出以前的衣服，但都显得很陈旧，善解人意的小妹赶忙跑了一趟百货商店，为我买了一身毛料西服、一条领带、一双棕色的高级皮鞋。不爱打扮、随便惯了的我，这次不敢怠慢，在家认真地打扮了一番，头发梳了又梳，胡子刮了又刮，皮鞋也擦得锃亮。此刻，连我自己也觉得这过分整齐、无懈可击的装束透着造作，反而失去了往日那种无拘无束的潇洒。云姨见了，觉得还不满意，说："个儿矮了点，能不能再换双高点的皮鞋？"我一愣，如实相告："新买的皮鞋后跟就高，再高就不成样了。"云姨摇头直笑，领我进了她的家。她在里间捣鼓了一阵，拿着一瓶洗发精一样的玩意儿走了出来。我大惑不解。云姨说："给你'杀虫'。"不用我多说，就在我那梳了多遍的头发上进行扫射。事后得知，那是她女儿平时舍不得用的一瓶摩丝。

那是一个深秋的下午，太阳还高高地悬挂着，空气也很清新。云姨打着一把与她年纪很不相称的红色遮阳伞走在前面，她那微胖的身体穿着一条过紧的棕色健美裤，那滚圆的屁股，就像一对轻轻摇晃的圆球。

工厂环境优美，宿舍楼很有规律地排列着。在一栋宿舍楼前，云姨停住脚，说："你在楼下等着，我先上楼打个招呼。"站在楼下，我很不自在。在家时，云姨就告知我："那是一对孪生姐妹，姐姐在一所学校教初中，是个很好的数学老师，妹妹是一家工厂的技术员。两个长相皆美，个子比你还高。为提高办事效率，一次相两个，这样，成功的可能性比相一个要大些。"云姨这一说，似乎就具有一种很强的诱惑力。一会儿，云姨就在阳台上向我招手。于是，我很快爬上三楼，谁知水果袋突然开裂，苹果顺着楼梯一个劲向下滚……来不及多想，我以最快的速度下楼，在一小摊前又重新买只袋子，边上楼梯，边拾苹果，这一连串动作，是在两三分钟之内完成的。登上四楼，我定定神，轻轻敲门，一位比云姨苗条许多、年轻许多的高个儿女人给我开了门。此刻，映在我眼前的是一个很宽敞的客厅。屋中两个长相一模一样，像仙女一般美丽的女孩正在朝我微笑着。我想，这就是那对孪生姐妹了。一个岁数五十开外的长者正坐在一张单椅上看当天的日报。见我进来，忙侧过身子给我递烟，我示意不会，挨着云姨坐在沙发上。云姨轻声地给我介绍："这是罗伯，开门的是罗伯母，坐左的是姐，坐右的是妹。"那两姐妹，大胆地朝我看。我微颤着手接过罗伯母递过来的茶。不知怎的，我感到一种尴尬。为打破这种局面，罗伯问我："在部队干了几年？""4年"我答。

云姨忙插嘴："小伙子很不错，上过前线，还立过功哩！"坐右边的妹妹不甘沉默，接着问："听说上前线的，都能立功？""别瞎说，我也是当兵出身，部队立功是有严格规定的。"罗伯立即接过话说。无语时，云姨又说：

“小肖爱好写作，在报上发了好多的文章，《××青年》还登过他的照片呢！”听我发过不少文章，照片还上过青年刊物，妹妹似乎不信。碰巧，被罗伯看过放在茶几上的当天本市日报副刊上就有我写的一篇文章，我忙指报纸，虚心地说：“那上面就有我的一篇拙作，请多指教。”两姐妹忙起身，争拿报纸。我一阵高兴。坐左的姐姐看过我的文章后，眼睛立刻放亮，谦虚地对我说：“我也爱写点东西，但还从未变过铅字，看来我要好好拜你为师。”

回家的路上，云姨高兴地对我说：“你小子今天走桃花运了，两姐妹都看中了你。还有她们的爸妈对你也比较满意，不足的是，都觉得你个儿矮了点。”

后来，我就选择了那个教数学的姐姐。从那以后，她就经常到云姨家来玩。我和云姨家楼上楼下，两人便经常见面，那时我正读电大，因我的数学基础差，她自然也就成了我的数学老师。不久，我们便结婚了，10多年过去了，两口子相敬如宾，日子倒也过得很快活。如今小女已读初中了。

迟启的情书

那时，我刚从部队退伍回来，认识了烨。她纯净、美丽，只比我小一岁。

最初，烨是在我妹的引荐下，来我房间借书的。记得那是一个阴雨连绵的日子。她拿着一把淡红色的雨伞，着一身很素净的衣服，轻盈地出现在我的房间。烨一双扑闪着的大眼睛朝我盈盈一笑，便把目光盯在我书柜里那一排排整齐的书上，在我妹的“怂恿”下，烨抽出两本书：雨果的《巴黎圣母院》、圣比埃的《保尔和薇吉妮》。我忍不住对烨说：“在这样的天气看这种书会使自己的心情忧伤的。”她没有回答我，只微笑地点了点头。这以后，烨每次来，都是为了还书或借书。烨告诉我，她在一家印刷厂搞排版设计。她说她看过我写的文章。有一篇正巧还是烨给排的，里面有个错别字，编辑也没有发现，是烨帮我改过来的。我发现烨也爱好写作，还看过她写的两首诗。烨的诗就像她的人那样纯净又富有感情，很动人。渐渐地，我和烨很熟了。在一起时，我们就谈文学、谈雨果、谈巴尔扎克、谈曹雪芹……有时，我们也谈一些无关紧要的话题。我发现，跟烨在一起时，我似乎忘记了时光的流逝，不自觉地对烨产生了幻想。

一天，烨说她要参加成人高考，准备读电大，学中文，也鼓励我去应考。我的数学基础很差。我说在部队考军校，就因数学基础太差，没能如愿。烨对我笑笑，她说她的数学学得还可以，愿意帮我。这样，在规定的夜晚，烨总是准时来到我的房间帮我补习。每当烨教我做习题时，烨的头离我很近，我几乎听到烨均匀的呼吸声。当烨柔软的头发从我脸上轻轻拂过时，我更是一阵颤动。有天夜晚，我分了心，不由自主向烨瞟去，在灯光映照下，烨那粉白、秀气的鼻尖上，装点着几粒细小的汗珠儿，长长的睫毛下，那双美丽的眸子正注视着书本上的习题。烨那棱角分明的颜面，就像一幅江南春色的画图，太迷人了！

也许是第六感的作用，烨突然抬起头来，看着我那双注视着她发愣的眼睛，我的脸上迅速泛起两朵红云。我慌忙低下了头，压抑着激动的心情……

不知是那晚我的失态，还是其他原因，烨一连几个晚上都没有来了。我为那晚的失态而深深地懊悔不已。

参加考试那天，烨和我不在同一个考场，我不知她考得怎样。

一天夜晚，烨突然给我带来了一个意想不到的消息：我俩都考上了。遗憾的是，因为我考的是汉语言文学，单位不能公费供我读，只好放弃。烨为我感到惋惜。

烨读了电大，来我这里的次数少了。因为怕影响烨的学习，我也很少去找她。一次，在和朋友闲谈中，得知烨交了男朋友。我不相信。有一天，在回家的路上，我刚好碰上烨，她正和一个很英俊的小伙子走在一起，就像一对热恋中的情人。朋友的话得到了证实，我的心不禁一阵痉挛。我强忍着差点涌出来的泪水，避开烨，抄小路回了家。那晚，我彻夜未眠，感到一种从未有过的辛酸。我流泪了……后来，当我得知那英俊小伙是烨在国外留学的胞兄时，烨已随她的父母调回了北方老家。

我深深自责和懊悔：当初我为什么不能了解一个纯真少女羞怯的心理，不能读懂她多情的内心世界呢？

师徒情缘

【一】

在电弧光的映照下，在轰隆隆的钢铁撞击声中，从山村顶职进厂，年满16岁的袁小琪，被车间主任领到了师父面前。

师父名叫苏红，是个女的，长得不是很漂亮，但技术超群，曾在市里青工比武中获得过名次。她是车间生产积极分子，从技校分来，在汽车厂大梁车间的焊接岗位上，已干了整整3年。

听到主任的声音，苏红连忙摘下面罩，站直了身子。

主任对她笑笑，指着身旁的袁小琪说："分给你做徒弟。"

然后，又回过头来，对袁小琪说："快叫师父。"

苏红擦了一下额头上的汗珠，不禁打量着这个叫她师父的徒弟。只见他脸庞黑瘦，头发脏乱，一件又长又大的工装套在那瘦小的身材上，看上去奶气十足。

她不禁皱起了眉头。

主任当兵出身，历来性子急，他见苏红不乐意，就把她叫到一旁，带着一股军人的豪气说："这个袁小琪就是刚刚退休回去，守后门传达室那个袁老头的儿子，他自小在山区长大，我看他年龄还不足16岁，未见过大世面，咱们工厂也和部队一样，是个锻炼人才的大熔炉，既然人家袁老头把这个细伢子放心地交给了咱工厂，你就要负责好好地把他打磨打磨，锻炼成一块好钢材。"

听了主任的话，苏红笑了，说："既然主任这样安排了，我还能说什么呢？就算是带个小弟弟吧！"

主任听了，笑逐颜开地离开了。

苏红看了看袁小琪，见他那目光还在放肆地朝自己看，心想，应该好好地教训教训他，以显示做师父的尊严，要不然这家伙今后不听话那可不好办。于是，上班第一天，苏红就给他约法三章，规定他不许迟到早退，不许偷懒，不许无故请假，在师父面前要讲礼貌、讲文明，不然的话，就别想学到好技术。

教训完毕，苏红就让他戴上面罩，蹲一旁看。

这样，袁小琪连续看了好几天，心烦了。趁着苏红焊得起劲时，他就偷起了懒，放下面罩，在车间里到处东张西望。

这时，有人来找苏红，她放下工具，对袁小琪说："你休息一会儿，我去去就来。"

苏红一走，觉得没事做的袁小琪，便在车间转了一个圈。回到自己的位置，见师父还没来，他就拿起焊枪，蹲在师父蹲过的地方，颤巍巍地触及铁板，瞬间，弧光一闪，他先是一惊，尔后高兴了，干脆摘掉面具，吱吱地焊起来。呵，焊过的地方成了一堆“鸟屎”。

袁小琪不服气，学着师父的样，重新换了根焊条，然后双手握紧焊枪，像战士持枪一般严肃、认真地在铁板与铁板交接的缝合处又焊了起来，谁知，焊条拖过的地方，出现了一个大窟窿。这一下，袁小琪慌了，只好愣愣地站着，等着挨训。

苏红走来，看着袁小琪做的好事，又气又急。

中午，她拾来一些边角废料，手把手地教袁小琪焊，还特意焊了一对哑铃送给他，说：“拿去，好好练练臂力！”

【二】

第二天，袁小琪来上班，眼睛红肿，泪花不停地在眼眶里打转。苏红一看，知道他得了电光性眼炎，忍住笑说：

“谁叫你不戴面罩？活该！”

于是，她带他上职工医院。

五官科的刘医师对这种眼病似乎也没办法，只好开了几支氯霉素眼膏。

走下楼梯，机灵的苏红见一位看病的大嫂坐在长椅上，正在喂小孩，她旋即洗了个药瓶向人讨了点奶水，递给他，说：“这比氯霉素眼膏顶事得多，眼睛痛了往里滴！”

苏红送袁小琪回宿舍去休息。男单身宿舍在工厂家属区一村左侧，离生产区较近，但苏红还是第一次涉足这块领地。因厂里的女单身宿舍在工厂家属区三村，两者相隔较远。尽管平时男女同胞在车间里打打闹闹，开开玩笑，但下了班，就互不往来。

眼下，男同志大都上班去了，几栋宿舍楼显得异常寂静。

袁小琪开门领苏红进了房间。

房间里架着三张床，各类用具乱七八糟地堆放着，空气中有一股浓烈的脏鞋子臭袜子味。爱整洁的苏红哪能看得惯这种脏乱，便立刻动手帮着袁小琪把房间整理打扫了一遍，然后洗那些脏衣服。

从这以后，苏红就常常帮袁小琪洗衣服。同室的两位同伴都说袁小琪这小子有福气，找了一个好师父，他们跟着沾光。

【三】

袁小琪没读几年书，有天中午，他来到苏红的寝室，说是借几本书看。刚好苏红的床头有本摄影杂志，他翻看着，发现上面有张半裸体艺术照，觉得挺有味的，便对正从外面提水进房的苏红说："师父，这本书我拿去看看。"苏红一见，一把拿过书，恼火地说："你还不懂这些！"然后，翻开她那硬质木箱，找出一本《焊工》递给他。

他拿着书走了。

苏红同宿舍的女友开玩笑说："你这个徒弟好不正经，再过几年，当心他会向你求爱啊！"

"鬼话！这小不点儿……"苏红回敬了她们。

【四】

不久，袁小琪就在厂里出了名。

有一天，车间女工委员雷清秀推着一大筐卫生纸，正在发放。苏红有事出去了一会儿，袁小琪看到了，以为这与车间发肥皂一样，不分男女，一人一份，他就跑了过去。

雷清秀怀里正抱着一捆卫生纸，见袁小琪跑来，以为他是替苏红来领，嘟着嘴，笑着说："哦，来得正好，一人6包，你自己拿吧！"说完，她就抱着卫生纸发给其他女工去了。袁小琪不慌不忙，除了替师父拿了一份外，也给自己拿上了一份。

下班了，苏红打开工具箱放工具，发现这个季度的卫生纸多出了一倍，便自语道："怪了，怎么多了这么多？"

袁小琪在一旁听见了，便不紧不慢地回答：

"师父，我的那一份也放在您这里。"苏红一听，愣住了，继而"噗嗤"一声笑出了声。

苏红把袁小琪多领的那一份，退给了雷清秀。她把这原因一讲，可把雷清秀笑得喘不过气来。

笑过后，雷清秀就说："发到最后，发现我自己的没了，我还以为在工会少领了一份呢，原来是你这个徒弟做的好事啊！"

这件事，经雷清秀传出去，不仅成了车间也成了厂里职工茶余饭后的谈资。

【五】

袁小琪的理论基础很差，每次考试都不及格。

苏红在他身上没少花工夫，常常抽空到他宿舍进行理论辅导。但袁小琪总是不认真。

一天，他躲在一台机床后偷看小人书，苏红发现后，狠狠地骂了他一顿。这一回，袁小琪真的哭了，觉得对不住师父。

苏红对袁小琪的生活也是关怀备至。

中午，他们常在职工食堂一起就餐，每次，苏红总是特意多买个菜，倒进袁小琪的碗里，说是他正在长身体，要吃好些。

袁小琪很感激。渐渐地，他对苏红有了感情，甚至连上街买衣服，也要找师父帮着去做参考。

【六】

一晃几年过去了。袁小琪在苏红的帮助下，技术上有了长进，个子长得也比苏红高出了一大截，成了一个标标致致的小伙子。平时那些说他小不点儿的姑娘也主动邀他上舞厅和看电影了。

看着袁小琪的变化，苏红内心充满了喜悦，对他的要求也更严格了。

这时，就有人议论说："苏红和袁小琪正在谈恋爱哩！"

最初，人们只是怀疑，不相信。觉得他们年龄不般配。

为此，厂里一些好心人，就张罗着为苏红介绍对象，均遭到拒绝。

人们的议论声就更多了。

但是，不管人们怎么议论，苏红就是不作声，袁小琪也好像无所谓。

一晃，国庆节到了，晚上厂里在职工食堂楼上举行大型舞会。苏红第一次邀袁小琪去跳舞。那天，她特意换上一条白底蓝花的连衣裙，修长窈窕的身段亭亭玉立。

袁小琪也不示弱，在宿舍里把头发修了又修，皮鞋也擦得锃亮，一套笔挺的西服穿在身上，比以前更潇洒了。

舞厅里灯光闪烁。跳着跳着，苏红发现袁小琪好像有什么心事。一曲终了，一位挺漂亮的姑娘向他们走了过来。此时，袁小琪那不安的眼睛忽然变得光彩异常。他歉意地对苏红笑笑，随即，挽着那姑娘的腰踅入了舞池……

不知什么时候，苏红悄悄地退出了舞厅。10月夜晚的风，带一丝凉意，轻轻地吹拂着她前额那一缕弯曲的卷发，她的步履沉沉的。

【七】

不久后，袁小琪就和那个漂亮的姑娘结了婚，并很快有了一个小孩。

但是，他们结婚不到两年，就离了。据说，离婚的原因是那个小孩子不是袁小琪的。再后来，那个漂亮的姑娘就跑到海南嫁了一个台商，现在定居加拿大，过上了好日子。

苏红一直未嫁，1997年厂里效益急转直下，她辞职去了深圳。凭着扎实的焊接技术，不到两年，她就步入了白领行列，成了一家公司的部门经理。

去年，她开着一辆自买的小汽车衣锦还乡，到工厂办迁移户口手续，在厂门口传达室看到了正在守大门的袁小琪。

袁小琪见了她，叫了一声“师父”，就哭了。不久后，苏红就把他带去了深圳，他在那里干得很不错。

今年初，苏红和袁小琪这对师徒，终于喜结连理。作为工厂唯一的代表，我应邀参加了他们的婚礼。那天，苏红公司的人都去了，在深圳富丽华大酒家，光是酒席就办了50桌。

押　车

厂财务处要去外地送一笔现款，经济民警队决定派赵大去押车。

司机是杨民。随车送款的会计是刘玲。他俩正热恋着哩。

今天，杨民身着灰色进口西裤，高档衬衫，扎领带，再配上变色镜，使本来就英俊的他显得更潇洒了。刘玲身着白底碎花连衣裙，修长窈窕的身段，犹如出水芙蓉，亭亭玉立。

赵大身材矮小，一套肥大的经济民警服穿在身上，与他俩相比，似乎有些不协调。

一路上，汽车不断地颠簸着，然而，杨民与刘玲有说有笑，已经忘记了身后赵大的存在。

不久，杨民感到无聊，换了一个话题："本人自开车以来，还从未出过事，派人押车，纯属多余。"

"我看还是提防点好。"刘玲教训他。

赵大没有插言，只是将目光扫向窗外远处那一片起伏的山峦。

汽车终于在一个摆西瓜的小摊旁停住了。

杨民来到小摊旁，捧起一只大西瓜放在耳边敲了敲，叫卖主过了秤后，拿起刀子切成两半。不巧的是，这瓜心是白的，杨民骂了一句，并以此为由，不肯给钱，转身要走。卖主拽住他的衣角。杨民火冒三丈，飞起一脚，将切开的瓜踢得老远。

不料，这一踢激怒了其他几位卖瓜的。大家纷纷指责他的不是。此刻赵大急忙下了车，拉开杨民又付了瓜钱，总算熄灭了一场降临的争吵。

回到车上，刘玲狠狠地朝杨民丢下一句："混账！"杨民气得猛地加大油门，汽车像离弦的箭向前猛冲，差一点儿与迎面驶来的一辆装液化气的卡车相撞。卡车司机伸出头来，朝杨民骂了句："你找死吗？"

前方是一条正在整修的公路，车子像蜗牛似的爬行。黑下来的天空不知什么时候下起了雨，转弯处，汽车熄火了。赵大套上摇手，摇了好几次，车没有动静。汗水夹着雨水随着他的面庞流淌。刘玲叫赵大上来休息会儿，赵大感激地摇摇头说："不行，天色晚了，这地段不安全。"

雨，在继续下着。忽然，黑暗中闪出4个人影，腾地跃上车。刘玲吓得发出一声尖叫。赵大意识到了什么，刷地从腰间拔出手枪，高声喊道："站住！"然而当黑影们确信只有一个小不点民警时，便从四方包抄过来。一道闪电，几把锃亮的匕首对着赵大。其中一个把刘玲抱在身前，威胁赵大放下枪。赵大思索一瞬，把枪放在脚下，一个狡猾的歹徒猛冲上来夺枪。赵大将枪踢开，摆开架势，擒住先上来夺枪的歹徒。其他几个见状，放下刘玲和吓得将要瘫倒的杨民，蜂拥上来对付赵大。

格斗中，赵大右臂不幸被刺了一刀。

这时，刘玲不知哪来的勇气，迅速摸到那支枪，扣动了扳机。一名歹徒受伤倒下。刺耳的枪声惊住了歹徒，同时远处也传来了汽车发动机的嗡嗡声。歹徒见势不妙，这才落荒而逃。

赵大接过刘玲递过来的枪，由她搀扶着坐到车上。一道闪电，只见刘玲那白色的连衣裙已被染上几块鲜红的血印……

坐在驾驶室里的杨民此刻如梦初醒，心里直骂：背时，背时……

几天之后，传来消息：歹徒全部落入法网。

没过多久，又传来消息：刘玲和赵大在谈恋爱。

厂办来了个女秘书

老李调走了，厂办公室秘书的位置就空了出来，厂人事处经过多方考察，从某名牌大学中文系毕业生中招进一位年轻的女学生。

新秘书小刘长得很漂亮，精巧的五官，修长的身材，在白底蓝花连衣裙的衬托下，犹如出水芙蓉。据说她的英语也不错，过了六级。更难得的是，她的文章写得极好。上任才3个月，就在市级报纸上发表了20多篇文章，省主管部门还向兄弟单位转发了由她执笔的有关厂里改革经验的材料。厂长很高兴，逢人便夸："刘秘书真是难得的人才啊！"厂长开始将她当作智囊，凡遇大事总爱和她交谈交谈。于是，便有了风言风语："厂长和刘秘书打得挺火热哩！""厂长秘书成了厂长的私人秘书啦！"

厂里试制一种新产品——轻型车底盘，却没有一个完整的车身模具。有消息说，一外商有大批闲置的车身出售，把它装在这种新底盘上很合适。厂长闻信后，决定带刘秘书南下A市，与外商洽谈。

对厂长这一决定，人们又议论纷纷："一个小秘书，写写稿子还行，带她去和外商洽谈，能谈出啥名堂？可别误了大事啊！""我看厂长是看上了她，带她去公费旅游。”话传到厂长的耳朵里，厂长只是笑笑。

人们确实低估了刘秘书。洽谈期间，正是刘秘书凭着自己娴熟的外语，从一份外文资料中发现，这批出售的车身是处理品。于是，刘秘书紧紧抓住这一关键，在极短的时间里，会同有关技术人员，查核了对方大量的数据、资料，终于以低廉的价格买进了这批产品。

回来后，厂长对刘秘书大加赞扬，还提升她当了办公室主任。

刘秘书被提升为主任的第二天，财务处就有一位负责报账的会计透露说："刘秘书和厂长在A市洽谈期间，共住一个房间。"原因很简单：只有厂长的住宿发票。于是，人们啧啧感叹："我看迟早是一对，厂长干脆和刘秘书结婚算了。"

没想到刘秘书真的决定在十一结婚了。

婚礼是在厂职工食堂举行的。厂长打扮一新，头发理了，胡子刮了，穿了一身极高档的西服，看上去年轻了不少。刘秘书更是一身新娘打扮：红色的呢子西服套上红色的呢子裙，那白里透红的脸上洋溢着幸福的喜悦。

参加婚礼的人很多，厂长忙着招呼大家落座。这时，一辆红色的轿车停在门边，从车上走下来一位很有气派的老者。大家不认识，唯有厂长大步流星地迎上去……老者是刘秘书的姑父，现任A市对外开发公司总经理。原来，在A市和外商洽谈期间，刘秘书一直住姑父家！

宾主落座，婚礼隆重地开始了。厂长是主婚人，新郎则是一位大家不熟悉的、英俊的小伙子。

那段弯路

进山运煤的那段弯路很难走，运煤的司机个个怨声载道。有一次，一辆汽车翻入路边的悬崖下。从此，进山运煤的车，一天比一天少了。

挖出的煤没人来运，这可愁坏了洪家山的村民。于是，村委会主任出头，集资、捐款，准备把那段陡峭的弯路进行改道，并打算在急弯处架一座天桥。这几年，自从通了公路，山里的村民致了富，大家纷纷响应。唯有全村最大的富裕户、个体司机赵大却极力反对。他说："修桥、筑路是交通局的事。"他还说，城里的司机技术差，那点煤，他全包了。其实，大伙心里明白，赵大是在打自己的小算盘：进山运煤的车越多，赵大的生意就越少；现在，运煤的车少，煤堆如山，赵大的生意自然红火了。

眼下，村民们都要靠赵大把煤运出去，不好得罪他，改道的事，就暂时搁置了下来。

转眼到了年关。那天是赵大妻子兰英的生日。赵大运出了两车煤，就急着往回赶。谁知，车在半路上抛了锚，修好以后，天已黑了……

在家的兰英正焦急地盼望着丈夫回家。于是，兰英打发6岁儿子赵小到公路上张望。赵小去了几次，每次都是失望而归，不愿去了。兰英要应付家里的客人，好言好语劝着儿子再去看一回。

不知什么时候，天下起了雨。

赵小撑着伞来到公路上，终于发现了转弯处前方的汽车灯光。他高兴地大叫：“爸爸回来了，爸爸回来了……”边喊边往前跑。

赵大发现儿子正向他跑来时，距离很近了。他紧急刹车。谁知，坡度太陡，路面又滑，汽车一直往前滑。右边是悬崖，赵大急忙往里打方向盘，赵小撑着伞被风刮着也跟着直往里拐。惨剧发生了，赵小被活活地压死在汽车的左前轮下。宁静的山村夜晚，传来了凄惨的哭叫声。目睹这惨景的人们，无不为之落泪……

几天后，赵大把一沓厚厚的人民币交到了村主任手里。

没有多久，那段险又陡的弯路变得平坦宽阔了，那急弯处还有一座天桥横空而过。从此，运煤的汽车又多了起来。

父母的期待

我和父母居住在同一个城市的两处，两地相隔不到6公里。未成家之前，吃住在家，对父母的依赖性很强。那时，我常常连中饭也懒得到工厂的食堂，宁愿骑20分钟的自行车回家。下了班，回到家，洗一个澡，什么事也不用管，手拿一本书，往床上或沙发上一躺，怡然自得。一会儿，母亲做好了可口的饭菜，在客厅喊：“二伢子，吃饭啦。”这时，我就会在房中伸伸懒腰，然后坐到客厅那张光滑的红漆木椅上，跟着母亲还在客厅回荡的声音，附和一句：“吃饭啦。”听到我的声音，已下班回家的父亲，也会从书房里走出，同样跟着附和一声：“吃饭啦。”正端菜在手中的母亲就会笑着对父亲嗔道：“啰唆。”那时候，我们一家五口人，哥哥已成家，住在异地，小妹也在外地上学，不常回家。于是，我和父母生活在一起的日子，虽然过得不是很热闹，但父母因为有我常在身旁做伴，生活倒也愉快。

27岁那年，我成了家，在工厂里分了三居室住房，从此便与父母分开过。成家后，我才深知生活的不易，才知柴米油盐酱醋茶，件件都得要自己来管，特别是有了自己的孩子以后，每天生活的节奏不得不加快。这样，虽然与父母近在咫尺，但回家看望父母的次数也就越来越少了，有时甚至一个月也难得回家一趟。其实，当时只要对父母有心，时间挤一挤，回家看看父母应该还是可以的，但我们竟忽略了这点。因为我们没有懂得父母对儿孙们有一种需求，这种需求不是物质上的，而是精神上的老幼相互慰藉的天伦情。

有一段时间，我又好久没有回家了。母亲便在一个星期五的下午，提着她自种的蔬菜来看我们，坐在沙发上的一角，默不作声。平时并没有留心去打量过母亲的我，这次竟不禁发现母亲原来很有光泽的乌发中已夹杂了大量的白发，脸上的皱纹也明显地增多了。此刻，我才真正感觉到父母已经老了。母亲坐了一会儿，要走。我们执意留母亲吃了饭再走，但母亲不依，说："我只是来看看，看看我的宝贝孙女听不听你们的话。"然后，她又以请求的口气说："我知道你们都很忙，能不能让我把骁哲带回去玩一天，她爷爷怪想念她的。"但遗憾的是，我和妻子当时并没有理解母亲的心情，说："很快就要期末考试了，骁哲的作业还没做完呢！"母亲见我们不开窍，便又说："我不会要你们来接的，星期天送过来就是。"我说："妈，这次就别回去了，我们下个星期六回家看您吧。"母亲只好悻悻地走了。然而也就在我们约定回家的那个星期六，母亲却意外地出事了。本来倘若我不失信去看母亲的话，是完全可以避免的。那天，我们被一件其实并不是很重要的事耽误了。

下午6点，父亲突然打来电话，说母亲爬上阁楼搞卫生，也许是年老体弱，竟从阁楼摔下来，脑袋磕在木箱上……当时父亲没有说完，就匆忙地搁了话筒。当我赶回家里，母亲已经被送进医院，屋里流下了一大摊殷红的鲜血。我心急如焚，又不知母亲被送往哪家医院，只好和妻分头去找。

在医院的急诊室里，母亲已经躺在病床上，父亲守在一旁。我推门进去，已经无法分辨躺在病床上的母亲原来的模样，她的脸被鲜血染红，蓬乱的头发上结着一块块血痂。母亲虽已苏醒，但虚弱得无力与我搭话。此刻，我感到一阵心酸，一股泪泉从心里迸出……

父亲一见我，便说："你娘等你们等了一个上午，见你们未回，才爬上阁楼去搞卫生的，盼望着过春节，你们能够回家住几天。"然后他又自责地说，"都怪我，不该去理那个发，本来你娘是要我上楼去搞卫生的。"见父亲这样自责，我感到一阵难受，说："这怎能怪您呢，要怪也只能怪我这个不孝的儿子，星期六没有按约回去。"

大年三十，母亲支撑着虚弱的身子坐了起来，坚持要出院。母亲很迷信，说："明天是春节，我不能让你们往医院跑，这不吉利，我得回去。"经不住母亲再三恳求，我们只好叫车把母亲接回了家。我和妻子一直守护着母亲，但母亲似乎总感到内疚，她伸出还不能弯曲的手，抚摸着我，声音微颤地对我说："二伢子，你别光替我操心，过节了，你还得带妻子和孩子回岳父家去看看，别让他们惦记。"在一旁的妻子只好帮我撒谎："春节人多，买不到票，等过完节后，我们会抽空回去看看的。"这时，母亲才放心了。回厂那天，母亲对我们说："让你们费了那么多的心，耽误了那么多的休息时间。这春节，妈不能做好东西给你们吃了，难为了你们。"停顿了一会儿，母亲又说："等我身体恢复了，我一定再做好东西给你们吃，你们要记着常回家看看啊！"我噙着泪花，看着母亲那饱含深情和期待的目光，默默地点了点头。

如今，每到周末，工作再忙，我总要尽量找点空闲，找点时间，领着孩子，陪同爱人，带着笑容，回家看看。

“诱”父从文

原在一家工厂任职工程师的父亲退休后，日子过得百无聊赖。自从母亲退休后，父亲去菜市场买菜的机会也少了。不是母亲剥夺了父亲买菜的这点权力，而是母亲找到了自己的乐趣：在家属区的空地上，开垦了许多地，种起了菜。父亲开始变得有些暴躁，对什么事都看不顺眼，动不动就对母亲发脾气：“每天就会守着那菜地，难道我们还缺几个菜钱？你干脆睡菜地算了！”说来也难怪父亲，他在职时几乎所有心思扑在工作上，不嗜酒，不吸烟，不会搓麻将，对垂钓等各种消遣娱乐方式也无兴趣，退休后自然感到很寂寞。母亲的心思用在菜地上后，他更感冷落。

唯一能使他快活的就是我们兄妹各自带着小孩回家团聚，但我们都有自己的工作，有自己的小家，不可能天天回去。听着父亲教训母亲，母亲数落父亲，做儿女的只能听着，不便多说什么。妻私下对我说：“是不是让爸到我们家住一段时间？”我说：“不妥，这不是让矛盾越闹越深吗？”妻突来灵感：“你是从文的，爸虽是理工科班出身，但文字功底也不差，你何不叫他在家里写写文章，寄报刊发表，让他有些生活乐趣呢？他那装满公式、定律、定理的大脑转换到文学艺术方面来，还可以重新开发利用嘛。”

妻说得很有道理。但怎样“引诱”父亲从文，却要花些心思。于是，打那以后，我每个星期回家时，便把我在报刊上发表的文章带些回去，让父亲过目，名为要他指点，实为诱他“上当”。父亲对儿子的“大作”，自然不敢怠慢，在家认真地看，仔细地读。到下星期我回到家时，父亲提了一些意见。尽管父亲的一些看法，我不怎么赞成，但我还是做出虚心接受的样子，并随即趁热打铁：“爸，您是老牌大学生，文字功底不差，退休后，有的是时间，何不写写文章试试。”父亲笑笑，说：“那不行，我只是谈谈文章而已，真要写还是写不出来的。”妻在一旁附和：“您准行，说不定写出来的比儿子的还好呢。”父亲真的动了心，答应试试。

又过了一个星期，父亲真的写出了一篇文章——《老伴的菜地》。父亲在文中说，母亲对待菜地的那种态度，简直是如痴如醉，而对朝夕相处的丈夫却不管不顾。文末父亲提出自己的观点：少来夫妻老来伴，老两口退休后，更应该理解互相体贴，携手步入人生的第二个青春期。

我背着父亲，把这篇文章读给母亲听，母亲听得直乐：“这老头，何不早给我说，竟会作文骂人。”我见母亲开窍，便循循引导：“爸确实说得有道理，您今后对菜就不要那么全身投入，要想想他退休后的寂寞。我们不常在身边，你们老两口自然要互相关照一点啊！”母亲微微点了点头。

我把父亲的文章做了一些修改，叫他投两家报刊，不久相继被采用。从此，父亲写稿的热情更大了。

一个周日的夜晚，全家围坐一桌，父亲把一家老年刊物寄来的80元稿酬全部贡献出来，叫母亲做了一顿丰盛的晚宴。父亲特意夹了一块鸡肉放进了母亲的碗里。我的女儿见状，说：“爷爷奶奶又和好了！”这把我们全都逗笑了。

我又特意跑市里的图书馆为父亲办了一个阅览证。这样，父亲除了写文章，还添了一个爱好，就是经常去图书馆看报刊书籍。一年下来，父亲在各报刊发表了近20篇文章。母亲仍旧经营她的菜地，只是没有以前那样投入。父母亲的关系越来越融洽，退休后互相埋怨吵嘴的事再没发生过。

“改造”女儿自理能力

女儿进入初中后，我和妻子明显感觉她的动手能力与同龄孩子相比有了差距。比如，从一早上学开始，起床、穿衣、洗漱、吃早点、坐车等，自理能力强的孩子，一般只要1个小时就足够了。同样的路程，同样的学校，我女儿，不用上1小时20分，出不去门。每天早晨6点40分，我和妻子就得叫她起床。看到女儿在床上磨蹭，我们心里很焦急。而且，女儿还养成了丢三落四的毛病，有时等她一走，我想再睡一会儿，刚刚躺下来，连接楼下的门铃就响了，起床拿起话筒一听，女儿在楼下直喊：“爸爸，爸爸，赶快给我送饭盒下来，赶快！赶快！”我一听，怕她迟到，穿着睡衣睡裤，提着饭盒急急忙忙地跑下了楼。我家住在5楼，来回上下一折腾，还睡什么觉？

事后，我反思过，女儿这种动手能力差和懒惰的原因，是我们忽略了这方面的训练培养。

为了改变女儿这种状况，我和妻子开始从自理能力、动手能力入手对女儿进行“改造”。

一个星期天，我对女儿说：“今天我们做个游戏吧！”

女儿一听做游戏，张口就答应了。“做什么游戏呢？”妻子在一旁问。我说是搞“紧急集合”，看谁起床穿衣速度快，跟部队一样，还要打背包。妻子明白我的用意，也主动提出参加。女儿见妻子也来凑热闹，劲头就来了，说：“好哇，看谁速度快！”这时，我就搭上梯子，从壁柜里翻出那床在部队当兵时用过的被子，找出背包带，在客厅里铺一张大大的塑料膜，花了20多分钟时间，教女儿学会了打背包。然后，我做示范，要女儿看表计时间。从起床、穿衣到打背包，我只花了2分钟。女儿和妻子对我的速度很赞赏。但我告诉她们，在部队搞紧急集合，不仅要打背包，还要带枪弹、挎包、水壶、防毒面具、铁锹等物品，合起来就有好几十斤，这些只能在3分钟时间内，并且还是在晚上没有开灯的情况下完成。

女儿知道比不过我，说我是经过训练的，提出要和妻子一起来对付我，我同意了。女儿负责起床穿衣，妻子负责打背包。结果，妻子背包打了4分钟，女儿起床穿衣花了5分钟。这时，我对女儿说：“你看，2人共用去了9分钟，要是在战场上，早就被敌人炸掉脑袋了。”

经过这件事，女儿有所变化。晚上睡觉时，她会自觉地把衣服放好了，不再丢三落四，早晨起床速度也快了。这种紧急集合游戏，后来我们还做过几次。每做一次，女儿就进步一次。接着，我对她进行了进一步“改造”，比如放学回家后，她在学校懒得洗的饭盒，我们不再给她洗了；吃完饭，饭碗自己洗。双休日做完作业，一旦有空，我和妻子就要女儿动手自己洗衣服，或者替家里搞卫生。

很快，女儿不用再提前20分钟起床了。

我给女儿寄稿费

一个星期天，我翻看女儿的作文本，发现其中一篇作文写得不错，就略微修改了一下，叫她抄了两份，寄给日报和省报。不久，两家报纸分别采用了女儿的这篇习作。

过了一段时间，女儿收到市报寄来的15元钱汇款单。回到家，她高兴地对我说："爸爸，收到稿费后，同学们都要我请客，你说怎么办？"我想了想说："请客当然可以，但你可以做些更有意义的事情。"

后来，妻子告诉我，女儿的那15元稿酬在学校组织的一次献爱心活动中捐出去了。

我为孩子的这种做法感到满意。

3个月后的一天中午，女儿突然问我："爸爸，省报发了我的文章3个月了，怎么样报也不给我寄，稿费也不给我寄，这也太不负责了。"

发表了作者文章不寄样报和稿酬的报刊，我也碰到过，但毕竟是极少数，这回让女儿碰上了。我说："样报的事，也许编辑老师早就给你寄了，可能是投递中出现了差错吧！再说，报纸你不是已经买了好几份吗？至于稿费，那是财务的事，与编辑没有多大关系，可能是漏寄了，或者弄错了地址，也有退回去的哩！”女儿对我的回答不是很满意，说：“弄错了地址或者漏寄了，就不给寄了吗？我要写封信去问问。”

女儿真的写了。又过了一个月，女儿很气愤地对我说：“你看，我的信寄走一个月了，也没有消息，稿费也不给我寄。我还打了电话，人家见我是小孩子，不怎么理我就挂了。接电话的肯定是那个汇款的，欺负我是小孩，贪污我的稿费，我要给报社总编写信告他。”我一听，觉得女儿的想法和做法都欠考虑，便说：“可能人家根本没收到你的信。为了那几个钱，用得着这样吗？人家要是不给你发那篇文章呢？年纪这么小就钻进钱眼儿里去了，今后怎么得了呢？”女儿一听，又委屈地哭起来。

不久，我要去省城出差。女儿得知后，凑过来对我说：“爸爸，你顺便去那家报社，帮我把稿费要回来。”对女儿的这种认真和执着，我只好说：“行，行。”

到省城忙完事，回来时买好车票，一看表，发现离上车还有一个多小时。想起女儿要我到报社要稿费的事，灵机一动，何不以报社的名义把稿费给女儿寄去？于是，我在火车站附近的邮局里，以报社的名义给女儿汇了20元钱，还以那位编辑的名义给女儿写了一封信：

蕾蕾同学：

你好！编完你那期的稿子后，我就去外地学习了，前几天刚回来，今天看了你的信，我马上到财务部核查，原来是漏寄了。会计已经帮你补寄了，过两天就会收到。我给你寄过样报，可能投递中出了错，你没能收到。现在，我无法找到那期报纸了，不然的话，我会给你补寄的。在此，我向你表示歉意。

祝健康成长、学习进步！

为了怕字迹被女儿识破，我请一位旅客帮着抄写了一遍，并写了一个信封。我这样做的目的，是想通过这件事告诉女儿：要懂得谅解和宽容他人。

回到家，女儿问我去报社没有。我装作突然想起的样子，拍了一下脑袋，说："哎，那几天忙，忘了，下一次吧，下一次去省城，一定记着帮你去问问。"

过了几天，女儿放学回家后，拿出那封信和那张汇款单，惭愧地说："爸爸，我错怪人家了，这20元稿费，我真不想要了。"我接过话说："怎能不要呢，这是你的辛勤劳动所得！"女儿说："想起来，真不好意思，其实那篇文章有爸爸、老师、编辑的功劳，但我为了要稿费，错怪了人家，真有点后悔。"

我为女儿明白事理感到高兴。于是说："是啊，你看，又是写信，又是打电话，还要我帮你到报社去要，你甚至还想给报社的总编写信，这样咄咄逼人多不应该。俗话说，得饶人处且饶人。人家虽然有某些方面做得不对，只要不是原则性的大问题，你就要设身处地去为他人想一想，学会懂得去体谅和宽容他人。"

从此以后，女儿再也没有说过以前经常说的那些事了，比如，某某同学的衣服好久都没有洗了，脏兮兮，某某同学成绩差得不得了，还经常到老师面前打小报告，同学们都讨厌她，某某同学这次献爱心，只捐了5角钱，小气得不得了，平时看她买零食，却大方得不得了……我知道女儿开始有了一个既能容人、又能谅人的胸襟了。

温暖的大家庭

工会是代表职工利益的群众组织，也是一个温暖的大家庭。作为一名基层的企业工会干部，在这个大家庭里，我敢说没有哪个人比我更深地体会到工会组织对我的帮助、关心和培养，没有哪个人比我更能感受到工会这个大家庭的温暖。

1986年1月，我从部队复员分配进了湖南省汽车制造厂。上班第一天，车间工会的刘大姐就给我送来一张“职工入会登记表”。我记得那是我入厂填写的第一张表。不久，刘大姐就把一本印有“中华人民共和国工会会员证”字样的鲜红证书交到了我的手里，我郑重地打开一看，只见贴着我照片的地方，打着“邵阳市总工会”的钢印，入会日期栏里填写着“1986年1月”，下方方格里是我的会员证号，“湘工字第4138381号”。

从此，我就成了工会这个大家庭里的一员。在这个大家庭里，我快乐地成长和生活着。每次，工会举行的活动我都积极参加，我曾先后在厂工会举办的征文比赛、书法比赛、知识竞赛、劳动竞赛中获得各种各样的名誉和奖项，我曾经多次被评为厂里的工会积极分子。那时，工会经常给我们这些会员发这发那，甚至连肥皂、毛巾之类的日常用品，都为我们考虑到了。至于逢年过节发的物资更是要用麻袋来装，我感受到了工会对职工的关爱，我感受到了工会这个大家庭的温暖。

我更忘不了的是，工会组织对我的培养。那是1990年，工会和厂宣传部门合办了一份厂报。从小爱好文学的我，就经常给厂报投稿。在厂报编辑的耐心指点和帮助下，我的文章，由最初的厂报发表，上升到了市报、省报甚至中央级的报刊。工会发现我的潜力后，极力对我进行培养，送我参加各类的文学创作学习班；经常创造机会，让我参加创作笔会，使我的写作能力不断提高，并逐步挑起了机关文秘工作的重担。

1995年，由于工厂形势急转直下，我下岗了。但在下岗的几年里，工会的领导仍然没有忘记我，经常上门嘘寒问暖，过年了，给家里送来大米、油，鼓励我继续练笔，坚持从事文学创作。正是有工厂领导和工会组织的关心和支持，我的心是踏实的，这么多年来，不管遇到怎样的困难，我一直在坚持着，努力着。为了提高自己，我不断更新观念，努力学习，勤奋耕耘，先后在《人民日报》《中国青年》《工人日报》《湖南日报》《湖南工人报》等1000多家报刊上发表各种文学作品1120篇，共计200多万字，多篇发表的文学作品被选入各种书籍，有的文章还被《青年文摘》等报刊转载。我先后获得全国各种报刊征文奖30多项，并于1997年顺利地加入了湖南省作协（同时也是目前邵阳市厂矿企业中，唯一一位获得文学创作职称者）。

1998年3月，我荣获第13届“湖南省青年自学成才奖”，并经湖南省人事厅批准，录用为国家干部；2000年，我又荣获第二届“邵阳市十大杰出青年”奖；同时还被邵阳市委、市政府记三等功一次。

2003年，工厂又安排我重新上岗，到工会工作。这样，使我与工会更加贴近了，对工会工作的感受更加深刻了。

过去是工会帮助我，现在是我作为一名工会干部，该如何去服务职工，维护职工权益，为职工办实事、做好事。近3年来，我尽职尽责，与厂工会的几位同志一道努力工作，我们共接待职工来信来访230多次，帮助职工起草法律文书、报告71次，并协调有关部门处理职工的各种重大疑难问题以及各种纠纷24次。我厂是邵阳市一家拥有5000多人的特困企业，这些年来，由于各种原因，一直处于停产和半停产状态，工会没有任何活动经费、上岗人员几个月没发工资也是常有的事，但我们一直在坚持着，同志们在一直地努力着。因为，我们一直得到来自上级工会的支持、关心和帮助。去年9月，我厂两个特困职工家庭的子女考上了重点大学，却没钱上学。两个孩子的家长只好找到厂工会求助。但厂工会无能为力，在这种情况下，我们只好抱着试一试的心情，把情况反映到了市总工会。市总工会很重视，又把情况逐级汇报到了省总工会。省总工会的领导听了汇报后，在非常有限的活动经费中拿出了部分资金，对全省的特困职工子女上大学一事进行了一定的救助。那天，省总工会党组书记、副主席石光明在邵阳市委常委、市统战部部长、市总工会主席赵丽莎的陪同下，特意来到我厂对两位特困职工子女进行慰问，送去慰问金。当时，我作为工厂的陪同人员，看到省总工会的领导登门向职工们慰问，听到石书记那一句句关怀和暖心的话语，我和孩子的家长一样，感动得流下了热泪。

这些年来，尤其使我感动和感恩的是，上级工会领导对我们这些基层工会工作者的关怀和培养。2005年8月，邵阳市总工会极力向省总工会推荐我参加第三届“湖南省十佳知识型职工”评选，在申报材料时，组宣部的邓端阳、谢长青两位部长像“严师”一样给我指导，对我的材料进行反复修改。当我获得这个“十佳”荣誉时，市总工会副主席曾国武、邓部长又亲自为我们联系车辆，带领我们前往省城领奖。今年2月21日，当我在省委招待所二楼会议室里双手接过湖南省人大常委会副主任、省总工会主席王四连递给我的奖牌和证书时，我多么激动啊！

我是幸运的，因为我是一名工会会员，是工会给了我关爱，给了我发展，给了我未来。我深深地感到工会是座熔炉，它能将人百炼成钢，点铁成金；工会又是座广阔的舞台，能使人充分展示才华，发挥作用；工会更是个大家庭，真诚为职工着想，真心为职工服务。我要感谢工会，感谢工会的各级领导对我的关怀和关爱。

我打了一回“葫芦”工

年初，一家大单位办了一份内部小报。经朋友介绍，我到这家报社打工——当了一个临时的小编辑。报社设在一间用来停放摩托车、杂物的仓库里，由于堆放的杂物多，看上去十分拥挤。报社不大，人员配备却全：总编、副总编、执行主编，加上我和一位姓过的小姐，可谓人才济济。总编是这家单位的主要领导，是个女的，年轻漂亮。副总编是这家单位一个科室的头目，能写会画，被人尊称为“老大”。执行主编是报社的承包方，年龄比我们小，约二十四五岁，架一副近视眼镜，书生模样，他目前在一家正规报社当编辑，已有几年编辑经验。执行主编与这家报社签订了一年的办报合同，规定：单位全权负责报纸的发行工作，承包方从中提成作编稿、印刷、支付稿酬等费用。经商议，我和过小姐的月薪为800元，各自负责两个版的组稿、编稿工作，每个星期轮流到这家单位的报社坐班两天，其余时间，均由各自支配。

在未出报之前，这家单位就已下文摊派给各直属单位及有联系的兄弟单位，在这个不大的城市，竟达到了近2万份的发行量。出于一种责任感，我和过小姐的所有时间几乎都用在写稿、组稿上。出第2期报纸时，正临春节，执行主编打来电话，安排我晚上去校对。这是一个大雪纷飞的夜晚，校对的地方是该主编工作的那家正规报社。他为了给这份小报省钱，又怕报社的同人看到说闲话，不得不在夜晚悄悄地进行。电脑室里没装空调，脚踩在红色的地毯上，融化的雪水渗进皮鞋，脚趾冻得有些麻木。校对完毕，已是深夜12点。外面的雪花还在一个劲地飘，街道上灯光暗淡，人车稀少。无奈，只好花高价打出租车回家。

第二天，4个版清样，送给两个总编终审，此刻，正临上班，办公室里人来人往，大家你一句，我一言，都成了办报的高手，指出缺点一大堆，报纸只得重新返工。这样连续出了几期，发出去的报纸终于在社会上引起了反响，每天稿件像雪片一样飞来，我和过小姐已经无暇顾及待遇和工资，内心充满着一份责任，心中只有一个念头：把这张报办好，让这颗还很酸涩的果子成熟起来。

但是，日子一长，执行主编与这家单位的矛盾也日渐突出。出第6期报纸时，为了一篇稿子的位置，主编与这家单位的两个总编发生了较大争执。几天后，年轻气盛的执行主编自动放弃承包人的角色不来了。这可苦了我和过小姐，我们的工资至今还没有着落，问这家单位，总编说："你们去问执行主编，他还欠我们的钱，正想找他算账呢！"去问执行主编，答复是："工资表上总编不签字，我哪来的钱发？"

有苦难言啊！义务地赔进了两个多月的时间不算，还倒贴进去300元车费，唉，这工打得有点划不来。

穿在身上的画卷

服饰是一种记忆，也是一幅穿在身上的历史画卷。翻看这幅画卷，我们发现，在共和国走过的60年间，中国女性的着装是如此绚丽夺目和异彩纷呈。

中华人民共和国成立后，中国女性怀着对美好生活的无尽向往，人们服饰上升到前所未有的地位，那时候，女性的着装极为大众化，全国服饰都是简洁、朴素、平实的格调。20世纪50年代学苏联的时候，苏联风格的列宁装、布拉吉裙子成为年轻女性风行一时的时装。20世纪60年代流行的是军便服戴袖章，当时没有那么多正宗的军装，很多姑娘就去扯些草绿色棉布，做成军装模样，身上再挂各种材质的毛主席像章，穿出来真叫个英姿飒爽。

20世纪70年代初，的确良的问世让人们欢欣鼓舞，该布料最大的优点是耐磨耐穿，据说它可以穿8年放8年。那一阵，时髦女士衣服要做成一字领，叫上海式。随即出现了小裤管，一条条紧贴腿部连屈膝都困难的“棒棒裤”成了当时年轻人的时髦，女孩们在青蓝二色加草绿的年月里，弄出许多不甘单调的变化，她们穿包车皮鞋和丁字搭扣平跟皮鞋，把小辫子解开，用皮筋扎成“藕节”形状；结了婚的妇女，一般都剪齐耳短发，别上发夹，上海还流行剪“梭梭头”。

20世纪80年代，改革开放带来了服饰的明媚春光，女性的衣着开始在色彩、样式上有了变化，超短裙，极短裤，回归自然的色彩、花纹与织物十分流行，内衣外衣化和无内衣化日趋流行。上点年纪的人应该还记得喇叭口裤、蛤蟆镜、蝙蝠衫、幸子服。那时，广东的理发师开始打进内陆城市，发型开始流行电烫，服饰也开始百花齐放。

20世纪90年代，朝气蓬勃的时代开阔了女性的视野，服饰也逐步走向世界。这个时代的着装似乎没有一定的规则，女性可以随心所欲地装扮自己，不过着装开始讲究个人品位，打扮也越来越入时。洗面奶、日霜、晚霜、口红、眼影、粉底、化妆品不仅越分越细，而且出现了名牌化趋势。有人总结说，中华人民共和国成立以来，数这个年代与世界的“链接”速度最快。消费时代到来的一个标志是时装已与国际接轨。街上的稻草人、伊都锦、八伦奴、宝姿、苹果、观奇的专卖店一天比一天多，红豆、罗蒙、杉杉、紫澜门等国产货同样遍布全国的大街小巷。身穿超短裙的女孩们，鲜亮的长腿照耀着尘土飞扬的大街，白领、蓝领金利来领带在城市的水泥森林中穿梭，而加入WTO又把中国和世界联系得更加紧密，我们的时装已经带着自己的特色，融入世界时装之苑。

到了21世纪的今天，“时尚”一词人们常挂嘴边，“流行”真正到了极具个性的时代。就在防寒服、T恤衫、松糕鞋以至泳装、兜肚的转瞬即逝中，中国人的着装意识不仅大大觉醒，而且个性突出的美丽装扮更受人们的青睐。比如经久不衰的旗袍，她婀娜多姿，光彩照人，含蓄而不外露，既综合了东洋和服和西洋比基尼的优点，又梳理了女性优美的曲线，掩饰了东方人的某些不足，含蓄中，还蕴积着一种泱泱大国的气度，凛然而又可亲近，并且通过面料、色泽和开衩的程度，向人们传递微妙的信息，就如一本优美的散文书籍，让人们阅读和品味。还有唐装的兴起以及年轻随意的服饰潮流……真可谓令人应接不暇。今日的时尚已然没有了固定的风向，越个性化越显时尚品位；越前卫越透出一种划时代特色。

纵观中华人民共和国成立以来女性服饰的演变，就像一道不断变化的风景线，贯穿着一个民族走过的风雨历程。每个时代的服饰都打上了各自时代的烙印，一代代人的成长历程展现其中，服饰演变与人的经历、国家的发展变迁紧密结合在一起，从一个侧面反映出国家的繁荣与发展。

愿今生与您永相随

我与《湖南日报》结缘始于20世纪80年代初。我在部队团司令部阅览室报架上，意外地发现了《湖南日报》，能在外省军营看到家乡的党报，有一种格外的亲切感。在那没有手机、网络、微信的年代里，《湖南日报》伴随我度过了军营里的美好时光。

退伍回到家乡，我进了湖南省汽车制造厂，这家大厂每个车间、科室都订了《湖南日报》，我每期必读，并把一些重要的、有意义的内容记录下来，不断从中汲取营养，学着写新闻、写小说、写散文……1995年2月11日我第一次在《湖南日报》发表了300来字的短消息《湖汽载货车出口朝鲜》，看到报纸我很激动，工厂宣传科给了我奖励，鼓励我再接再厉多写稿，写好稿。当年12月我的一篇散文参加《中国青年》杂志征文荣获一等奖，我的名字再次出现在《湖南日报》上。但我所在的湖南省汽车制造厂市场萎缩，这年年底我下岗了。

下岗后的我当起了自由撰稿人，开始向全国各地的报刊投稿，但收效甚微。在我从事新闻写作和文学创作感到迷茫和困难的时候，湖南日报社《三湘都市报》特别报道版发表了我的一篇4000多字的纪实大稿《一个下岗劳模的求职经历》。我收到了版面主编颜斌和编辑古竹的来信和寄的样报。编辑老师帮我改了标题、开头、结尾，让文章的立意得到了升华，突出了劳模下岗后如何在困境中开始第二次创业。

不久，古竹老师给我寄来材料，叮嘱我采写邵阳市一位农民为弘扬正气与黑恶势力展开生死较量获得成功的悲壮故事。这篇6000字的纪实大稿后被《知音》杂志采用，使我获得了一笔丰厚的稿酬，解了我这下岗后写稿为生的自由撰稿人的燃眉之急。为了激励我的创作热情，报社领导旷召贤把我寄给他的一篇文章推荐给了《湖南日报》副刊庄宗伟老师，经庄老师精心修改，以《下岗》为题发表在副刊头条，这次发表给了我莫大的鞭策和勇气。

更让我感动的是，2005年12月下旬，时任《三湘都市报》编委陈勇、记者黄纯芳、摄影记者郭立亮等来邵阳采访我，还邀请我一同采访邵阳市一对残疾夫妻将充满爱心的手伸给更需要帮助的老年人的先进事迹。采访现场，我见证了湖南日报社记者对工作的一丝不苟，他们对每一个细节都不放过，那种不问清楚不罢休的韧劲，给我留下了深刻印象。摄影记者郭立亮积极配合文字记者，从不同角度对人物和场景进行拍摄，往往几十幅，只选用二三幅，其工作的敬业程度和高度的事业责任感使我受益终生。

原《湖南日报》双休刊编辑蔡栋、段炼，《三湘都市报》特别报道版主编尹虹、编辑李承德，副刊编辑张泓，《家庭导报》编辑范利娜，《湖南日报》社会专刊部编辑刘冬梅等老师，素昧平生，却厚待我，帮助我，扶植我，一篇又一篇地编发拙作，10多年来，我在《湖南日报》《三湘都市报》《家庭导报》等报刊发表各种作品50余篇，在全国数百种报刊上发表了各类新闻及文学作品1200多篇，200多万字，先后获全国各种征文奖30多个。我还先后获得“湖南省青年自学成才奖”“邵阳市十大杰出青年”“邵阳市劳动模范”及省“十佳知识型职工”“全国知识型职工先进个人”等荣誉。这些成绩和荣誉的取得，与我和《湖南日报》在军营结缘、从中汲取营养分不开，与《湖南日报》的编辑老师对我的精心栽培和扶植分不开。

《湖南日报》用母亲般的宽厚胸襟，始终接纳着甚至收留着我这样一个既无身份又无名气的作者。2007年9月，我应聘到湖南日报社邵阳分社做华声在线邵阳频道编辑，认识了分社社长蒋剑平、分公司总经理陈志强等同人，他们待我如兄弟，他们强烈的工作责任心和事业心，无形地影响着我，激励着我，使我对工作不敢怠慢。如今我已在这里工作了12年，去年被分社评为先进工作者。我与大家朝夕相处，幸福而快乐地工作和生活着。《湖南日报》，我愿今生与您永远相随。

第二辑

锦绣河山

感觉澳门

参加一家杂志社征文，获了一个奖，被该社邀请免费游了一趟澳门。虽只有短短3天，但对澳门的认识，总算是从理性到感性了。

我们坐南航直飞澳门的航班，飞机临近澳门上空，向下俯瞰，澳门三岛，犹如一串浮在海面上光彩照人的宝石。两条跨海巨龙腾空而起，空姐说，那是连接澳门三岛长达2.6公里和4.38公里的澳凼大桥和友谊大桥。

尽管已是 9月，但一踏上澳门的土地，纵有海风的吹拂，仍难却夏日的炎热。白天34摄氏度的高温，使这个世界人口最密集的地方，始终笼罩在炎热之中。

走在澳门的街道上，没有身处异地的感觉。满街黑头发黄皮肤的同胞，到处是中文广告招牌。澳门的街道很窄，大多数马路还是单行线。导游给我们介绍说，在澳门停靠车辆要在规定的泊车位置。这些泊车位置又非常有限，而且还要付钱才能得到，许多找不到车位的汽车无处停放，只好开着车来回转圈。澳门人多、车多，但给我们的印象，交通却不拥挤。十字路口，也没有在内地司空见惯的交通警察，人们很自觉地服从红绿灯的指挥。在澳门打出租车，也是设有站的，在“的士上客处”，众多乘客就像等公共汽车一样，依次而上，秩序井然。澳门没有土路。我们所到之处，看到的路都是水泥、沥青或鹅卵石铺就，来来往往的大小车辆，哪怕是车轮、车身，都一尘不染，就像新车一样，这和澳门优雅的环境，无不有着直接关系。

澳门的绿化，也是很值得内地的一些城市学习的。在澳门，只要有空的地方不是植了花木，就是种上了绿草。澳门土地面积小，居住人口密集，但空气质量良好的日子占多数，尤以6至8月的空气质量为最佳。全年71%的日子紫外线水平都处于“低”至“中等”。这与澳门的绿化有着非常密切的关系。据介绍，目前澳门绿化区面积已达6平方公里，绿化率为22%，人均绿化面积为13.5平方米。

澳门是一处风光旖旎、多姿多彩的旅游胜地。它虽无名山大川，但有优美的自然风光和400多年中西文化交汇留下的众多人文古迹，吸引着来自世界各地的游客。下午 2 时，我们在导游带领下，驱车来到澳门著名的夏日休闲之地，位于路环岛南侧的竹湾泳场。竹湾泳场北倚群山，面向大海。大家下得车来，只见海面上，游艇点点，不时交织在天与海之间。岸边的沙滩柔软而细腻，穿着各色泳装的中外游客，三五成群，正在悠闲地做日光浴。

海上的大型娱乐活动中心可让游客在这里训练驾驶独木舟、风船和风帆。临近环山路上的“竹湾园”绿树遍布，园内各种风格不同的小桥、曲径与自然环境统一协调，不露人工雕琢痕迹，朴实自然，让游人流连忘返。青山、园林、大海，蓝天、阳光、沙滩，山水相映，宁静高远，无愧“天下第一竹湾”称号。

到了澳门，不去拜谒妈阁庙，是说不过去的。第二天，我们一行数人驱车前往澳门半岛的西南角，朝拜“妈祖”。妈阁庙是一座约有500年历史，澳门庙宇中最古老的神庙。它依山临海，傍崖而筑，由大殿、石殿、弘仁殿、观音阁等四幢雄伟而精巧的建筑物组成。殿阁岿巍靓丽，雄伟轩昂，雕梁画栋、色彩斑斓。弘仁殿殿门刻有一副赞扬天后妈祖美德的楹联：“圣德流光莆田福曜，神山挺秀镜海恩波。”传说妈祖生于宋朝，为福建莆田渔民林愿的第六个女儿，她自幼聪颖，得老道秘传法术，术能通神，经常随父在海上搭救船员。一次大浪中，她英勇搭救许多渔民，自己却不幸丧生。义举震撼乾坤，她“升天”之后，仍屡屡显灵，济世护航。人们感念其恩德，便供奉她为海上的保护女神，并立庙祭祀，名其地曰“娘妈角”。

妈阁庙四季香火不断，尤其每到农历三月二十三日天后宝诞期间，前来朝拜者络绎不绝。随着社会的发展和国际交往的开拓频繁，“妈祖”已经成为一种共识的国际文化现象——“妈祖文化”。

妈阁庙文物古迹颇多。其中洋船石、海觉石、虾蟆石被誉为澳门“三奇石”。澳门之名的由来，就与虾蟆石无不有着关系。相传虾蟆石上刻有“妈祖阁渡头”五字，此渡头曾是葡萄牙人初入澳门登岸之处，葡萄牙人向渔民打听此地名时，将“妈阁”二字误听为“马交”，被臆断为Macau，它便成了澳门的代名。

看过妈阁庙，我们驱车回转，来到位于澳门东北部的大三巴牌坊。大三巴牌坊是澳门与“妈阁庙”齐名的名胜古迹。它是澳门圣保罗教堂的遗壁。1835年的一场大火，使这座教堂烧得仅剩下前壁，看上去就像一个巨大的牌坊巍然屹立。大三巴牌坊，造型雄奇，恢宏高峻，雕刻精美的图案至今栩栩如生，具有典型的巴洛克式的建筑风格。

沿着大三巴牌坊右侧的林荫大道登上山顶，便可看到著名的澳门大炮台城堡。1622年，荷兰人入侵澳门，澳门人民同仇敌忾，在城堡上用大炮保卫澳门，把荷兰人击退。如今，立于大炮之处，放眼望去，半岛风光尽收眼底。

忘情武陵源

春暖花开时节，我有幸饱览了武陵源那千峰插地、万壑峥嵘的自然景象，那神奇、险峻、原始、清新的山水风光。

武陵源风景名胜区分为张家界、索溪峪、天子山、杨家界四大景区，总面积400多平方公里。从张家界市坐车往西32公里，便到了张家界景区。推开车门，迎接我们的是松林盖顶、雾抹树冠、朝晖缦绕的千峰石壁，使人置身于“日照香炉生紫烟”的佳境。罕见的拔地而起的奇峰，如城市鳞次栉比的高楼。徐行50米，站在高处眺望，只见四处奇峰罗列，像是走进一座园林，曲径、怪石、绿竹、奇松、水潭、清溪、瀑布，还有那争奇斗艳的杜鹃，构成了一幅令人神往的画面。迎面一座高达300余米的石柱，直刺蓝天。导游小姐说：“那就是金鞭岩，据说是当年秦始皇赶山用的金鞭呢！”对面一高达200米的奇峰，上大下小，俨然一醉态的罗汉，那似乎随时都要倒下来的样子，使人看了又惊又怕。

走着走着，眼前便出现了一座彩虹似的天桥。天桥飞架于两山之巅，气势磅礴格外壮观。桥下是万丈深渊，水汽氤氲。一株俏丽的青松亭亭玉立于

张家界武陵源景区

桥壁下，就如一位含羞的少女依偎在天桥的怀抱里。桥上，绿树披挂，三五枝红杜鹃点缀桥头，清澈的泉水飞流而下。泉水流进潭里，波光峰影融于一体，蔚为壮观。我们坐在潭边岩石上小憩。掬一把清凉的潭水放进嘴，味道清醇甘洌，沁人心脾。我们小心翼翼越过天桥，登上对面的山顶，遥望前方，只见云幕奇峰，或蓝或紫，变化多端，横看侧望，上下俯视，玲珑剔透，各尽其妙。诚如一首民谣所云："远看不见山，见山在眼前。"

翌晨，我们起了个大早，沿着迂回曲折的金鞭溪向索溪峪进发。小径两侧，林木幽深，树影婆娑，各色蝴蝶翩翩起舞，在前面热情地引着路。金鞭溪两岸的峰峦被阳光染得五彩斑斓。繁茂的植被中，耸起一座座秀拔奇伟、千姿百态的石峰。奇峰千仞，倒映溪间，离合明灭，迷人至深，青岩绿树与清溪碧潭相映，构成一幅幅天然山水丹青，把金鞭溪点缀成了令人陶醉的水彩画廊。

下午3时，我们来到了黄龙洞。黄龙洞，被人称为自然艺术的宫殿，一颗璀璨的“地下明珠”。它是索溪峪风景区的景点之一，位于角耳尖山下，临流悬壁，面南而开，蜿蜒北进，全长12.4公里，属石灰岩地下河侵蚀洞穴。洞内支洞叠列，回环曲折，洞分四层，两层水洞与两层岩洞互相交错，形成洞上洞、楼上楼的螺旋状结构。洞中造型呈一湖、二洞、三瀑、四潭、十五大厅、九十六廊。我们等不及导游小姐的开场介绍，便纷纷下洞。置身洞中，犹如飘浮在一个彩色梦幻的仙境中，在人工装饰的彩灯映照下，只见洞内数不清的石钟乳、石笋、石柱、石幔、石花、穴珠、石梯田等，应有尽有，形状美不胜收，真可谓“地上石林，地下迷宫，得天独厚，鬼斧神工”。沿着洞内蜿蜒的天梯小径盘旋而上，经万石怪洞，过双门，然后在响水河码头乘坐游艇航行千米水道，过天柱游览千丘田大厅，穿过龙门关，便到了豁然开朗的龙宫。龙宫总面积约40万平方米，面积之大，实属罕见，殿内1700多根晶莹剔透的石柱拔地而立，千奇百怪的钟乳石参差错落，最大的龙王宝座直径9米，高42米，如巨型古钟屹立于高台之上；名为“定海神针”的钟乳石高达27米，呈银光闪闪的“龙鳞”排列，柱中段最细处围径仅40厘米，涧顶瀑布高悬直泻，水声在大厅里悠悠回旋，摄人心魄。

黄龙洞规模之大，景观之丰富，堪称集洞穴资源之大观。1985年，地质部曾组织70多位专家考察黄龙洞，认为黄龙洞几乎包揽了洞穴学的全部内容，其中龙宫在全国石灰岩洞中，独揽单项冠军，整个洞穴评分可获全能冠军。

我们在武陵源一连转了几天，最后一站是天子山景区。天子山西面与张家界接壤，南面与索溪峪“十里画廊”毗连，因元末一位姓向的农民揭竿起义，在这里拥兵三万，自称“向王天子”而得名。天子山海拔1200米，站在峰顶，放眼纵观，美景尽收眼底：一簇簇高矮参差的石林奇峰形成一个整体，千姿百态，有的像恐龙，有的像骏马，有的像宝塔，有的像城堡。在石家堰的绝壁上，耸立着一根高达数十米的石柱，貌似“仙女散花”；“点将台”数十名姿态各异的将士，身披铠甲，排列于点将台前，像是等待出征的命令。被称为绿色迷宫的“神堂湾”，是一个巨大的圆弧形的深不可测的幽谷。站在“神堂湾”边上向下俯瞰，一眼望不见的坑中，怪石绿澄澄、黑黝黝的一片，久看，就会发现无数笔直的石柱，从深渊的谷底，向上挺立着，人称“天兵列阵”。

在“御笔峰”旁，建有一座贺龙公园。园内立有一尊高6.5米、重9吨的贺龙铜像，一匹紧依贺帅身旁的铜马栩栩如生。人们满怀对贺老总的崇敬之情，伫立在铜像旁，纷纷留影。

我们游兴极浓，沿着原路向山下走去，但天公不作美，竟下起了小雨。此刻，只见云翻雾涌，我们又被眼前那云遮雾罩的山景迷住了。茫茫白雾，汹涌翻腾，宛如大海涨潮，气势磅礴宏伟，真有“气蒸云梦泽”的诗情画意。同行们从不同角度不停地拍摄，完全沉浸在痴迷忘我的境界之中。

奇山异水杨家界

到武陵源旅游，是不能不去杨家界的。杨家界景区位于张家界西北部，北邻天子山，是武陵源风景名胜区继索溪峪、天子山之后，新发现的一片神奇景区。

我们从黄狮寨出发，沿着一条新修的道路，便进入了山间小径。尽管南国的夏日，骄阳似火，酷暑逼人，但当我们一走进这里，仿佛一下子落入了一个清凉的世界。这儿翠峰冲天，流泉漫地，四边的山岭，覆盖着葱茏茂密的森林，空气清新，村落纤尘不染，林中鸟儿啁啾，给人一种静极生动、绿里透凉的感觉，令人耳聪目明，身心俱爽。

登山的小路虽是曲折难行的，但我们却带着愉快的心情一步一步往上爬。站在山巅，极目远望，只见四处奇峰罗列，怪石嶙峋，像玉笋，像宝塔，像翠屏，像骏马，像城堡……各具形态，景象万千。近瞧，悬崖绝壁上，一株株奇松从岩缝里挤出来，长得枝叶繁茂，苍劲挺拔。它们身处险境，却久旱不枯，狂风不倒，显示出强大的生命力，给人以奋发向上的力量。

顺着导游的手指，只见前面一陡壁处，一条瀑布飞流直下。站在瀑前，细雨飞溅，凉风撩衣。人过山崖下，站在瀑前看瀑面，飞瀑如一条巨大的白头巾。再看潭底，青苔如织，碧水清澈见底，游鱼可数，水波碧绿荡漾，群山倒影，犹如画中游。

从宗保湾经过，沿姐妹潭下行，走出一条山谷，我们便来到了一个叫白鹤坪的景区。白鹤坪，因山尖上、树枝上经常停满白鹤而得名。导游说，在白鹤坪观白鹤，以清晨和傍晚最美。清晨，当晨雾初开，白鹤便相互鸣叫，准备出巢。接着只见成群结队的白鹤展翅高飞，它们飞行的姿势也像大雁，变化多端，有时像扇形，有时像一条线，好看极了！傍晚，夜幕降临，白鹤又会成群结队地飞回来。那情景，自然会让你情不自禁地想起陶渊明《归园田居》中“羁鸟恋旧林，池鱼思故渊”的诗句来。

白鹤坪，到处只见绿，一望无际的绿。一路上，迎着阳光摇曳的身姿，纵目遥望，群山环绕，树海翻腾，莽莽苍苍，迎接天际，使人眼界为之大拓，胸怀为之一舒。俯瞰群山，碧绿似海，华盖般的古树在阳光下闪烁绿光，我们的心情也随林海的波涛融进大自然美丽的怀抱。忽然，导游指着前面的一片林海提醒我们说：“听，白鹤大聚会！”

侧耳细听，果然前面传来了一片隐隐的嘈杂声。我们加快了脚步，声音越来越大了。悄悄走近时，只见一群白鹤在树枝上飞来飞去，它们有的在梳洗羽毛，有的啄爪除泥，周身雪白的羽毛，与满山的绿成了鲜明对照。它们似乎一点也不怕人，我们好奇地望着它们，它们也惊奇地瞧着我们。导游说，白鹤又叫仙鹤。这里的山民视它们为吉祥鸟、幸福鸟，从不伤害它们，加上优越的自然环境，使这里成了白鹤居住的天堂。

白鹤坪是杨家界景区的集中点。这里共有景点110多处，既有造型独特的山峰与危崖，又有流翠滚玉一般的溪流与飞瀑；既有以前窝藏土匪的“歪嘴岩”，又有奇特难攀的“鬼愁寨”；还有“马蹄岩”“猿愁攀”“天波府”“姐妹湾”等许多景点令游人叫绝称奇。原始的自然风光，其独特之处，不似张家界，又胜似张家界。

杨家界不仅山奇水异，还有众多的奇花异草，为武陵源风景名胜区锦上添花。在杨家界景区的流翠溪上游，生长着一片叫“五色花”的奇花。每日变五色，从早到晚，由白而红、紫、黄、黑，依次变色。我们到时，正碰上“五色花”盛开季节，只见这里一团团锦簇的鲜花，一大片一大片的花树令你目不暇接。“五色花”是世界上罕见的奇花，形状奇特，造型美观，一般都在3至5米之间，每枝盛开12朵。它娇丽的姿容，灵动的神韵，清香扑鼻的花香，令游人流连忘返。在导游的一再催促下，我们才依依不舍离去。

不一会儿，便来到了一处叫“古藤湾”的风景点，这里藤蔓交缠，直接顶天的，斜倚危崖的，倒伏溪间的简直是一个古藤的世界。特别是这里生长的一根长20米、高15米的罕见王藤，它根系发达，枝蔓茂盛，犹如巨大的藤网一般，爬满了半壁峭壁。令人啧啧称奇的是，在它的两旁还生长着两根仅次于王藤的粗藤，像两名侍卫一样保卫着王藤。据考究，王藤已有1000多年的生长历史了。

杨家界的地名、山名，也很有特色。这里的宗保峰、六郎湾、杨家界等地名、山名，是生活在这里的杨家将后裔为纪念杨家将而取的，1000多年来，一直沿袭未改。所以，到杨家界游览，不仅可以饱览这里的原始自然风光，同时还可以探寻杨家“满门忠烈”的踪迹，继承和发扬爱国忠良的遗风。

杨家界景点还很多，遗憾的是：只规定了我们一天的游程，不可能一一涉足了。我想，如下次再去武陵源，杨家界还是要去好好观赏观赏的。

一池天水　三江之源

长白山是我国东北最高的一座大山，周秦以前，人们称之为不咸山。《山海经》记载："大荒之中，有山名不咸，有肃慎氏之国。"到了汉代人们称它为单单大岭，《后汉书·东夷列传》记载："自单单大岭（长白山）以东，沃沮貊悉属乐浪。"单单，满洲语音近似"珊廷"，是长白的意思。自金代以后，人们才称其为长白山。自古以来，中国人对长白山就有一种崇敬之情，满族人称之为"兴祥的灵地"。主峰白头山，海拔在2700米以上，考古学家称之为"东北群山之祖"。加上百年未解的"天池怪兽"之谜，更给这气势磅礴的长白山，增添了神秘而绚丽的色彩。

这样的名山、名胜，我多么想一睹它的风采！

时值仲秋时节，出差第一汽车制造厂的所在地——长春，当地的朋友也怂恿我去长白山一游。于是，在友人的张罗和陪同下，我们一行四人于翌日东方破晓之时便开始了长白山之旅。

长白山距长春400公里，坐车需要10来个小时，"一汽"派了一辆新车送我们前往图们，司机特意绕道带我们去白河。

车过抚松后，我们便进入了山区。汽车越往前走，人烟越是稀少，沿途只见茂密的森林，大都是东北的阔叶红松。友人说，这里是个大宝库，在长白山自然保护区域中光是高等植物就有1500多种，山林中出产人参、鹿茸等多种名贵中草药材，有蘑菇、木耳、山葡萄等土特产，还有紫貂、梅花鹿、东北虎、熊等珍贵兽类和其他野生动物。

下午6时，车至白河镇，这座山林小镇被苍茫的林海所包围，远远望去，一座大山如一条看不见首尾的巨龙，长长地横卧在天际之中。不用介绍，这就是驰名中外的长白山了。

小镇店铺林立，各种招牌，都是中文朝鲜文对照。一幢幢木结构的建筑，朴素庄重，带有山区野居的情调。我们下榻一家客栈，店主殷勤接待，展现出东北人真诚豪放的性格，使人倍感温暖。

从白河到天池有一条狭窄的盘山公路盘旋而上。第二天，我们登上了这里专为游客准备的山地车，向长白山挺进。

山地车在狭窄的盘山公路上行驶着，车里看不到苍翠的林木，公路的两旁是高耸的红褐色岩石山，这山仿佛是被烈焰炙烤过的，留下了斑斑烙印。友人说，长白山不仅是一座高山，而且也是一座休眠的火山。在我国的地形、地貌中，火山地质结构就很少，而在名山之中就更绝无仅有了。谁能想象，今天看来像少女一样贤淑恬静的长白山，昔日竟是让大地都在颤抖的喷火口呢?

车行至半山，白云遮盖住天之一角，蓝天消失了。车子喘着粗气，在迂回曲折、云雾缭绕的盘山公路上蠕动着——路旁是深得令人目眩的山涧。杨小姐有些迫不及待了——“怎么还看不见一点儿天池的影子？”这大概就是人们所说的“世之奇伟、瑰怪，非常之观，常处于险远”吧。

车子终于冲出了云雾区，展现在我们面前的便是人们不远千里万里赶来瞻仰的天池，碧水澄清，波光潋滟。它犹如一面映天的宝镜镶嵌在长白山之巅。高空的浮云和周围群峰的绿意，清晰地倒映在水中。清风吹拂，水面掀起层层涟漪，水色也随风而变化：一会儿很白，一会儿墨绿，一会儿淡蓝……面对这样奇妙的景色，人们给天池编了许多优美动人的传说。有的说，天池是仙女梳妆台上的一面镜子，仙女梳拢发髻的时候，失手将镜子跌落人间，便化成这片湖泊；有的说，天池是一位叫日吉纳的姑娘，为降服长白山上的火魔，在一年的 7 月 15 日火魔喷火的时刻，抱着一块很冷很冷的冰，一头扎进火口，降伏了火魔，从此，喷火的山口成了一个巨大而美丽的湖。

优美的神话故事，只是古代劳动人民对自然现象的一种解释。其实，天池是火山喷发后形成的“火口湖”，也是中朝两国的界河。它周长13公里，水面面积达10平方公里，湖水深达370多米，既是我国最深的湖，又是海拔最高的湖。此时，面对这样浩渺的水域，我突发奇想：白头山峰并非终年积雪，天池的生命汁液从何而来？天池水深300多米，难道地下水是取之不尽的？还有那众说纷纭的“天池怪兽”，大自然的造化真是有着无穷的奥妙啊！

下午，友人领我们去看由天池之水引发的长白山瀑布。瀑布位于天池山环北侧。从玉龙泉穿过木桥，登上石阶，立刻便听到如雷似的轰鸣。近了，只见倾云倒玉般的河水分成两股，从高达68米的断崖上飞泻而下，涌起堆雪似的水柱，团团迷蒙的水雾，使人莫不感到寒气逼人。此刻，诗仙的名句不禁在脑海中奔涌：“飞珠散轻霞，流沫沸穹石”“疑是龙池喷瑞雪，如同天际挂飞流”“飞流直下三千尺，疑是银河落九天”……瀑布来自天池之水，洁白无瑕，如一条巨大的白色绢带，与周围红褐色的石岩形成鲜明的对照。它激起的水浪，宛如朵朵晶莹的白花，没有丝毫杂质，浩浩荡荡汇成一条洁白的白练，惊呼咆哮着向林间深处奔去，一直流到很远的地方，这条河仍然像牛奶一样的白，故此人们称它为白河。又因它是从天池中流出来的，又称为“天河”。白河再流下去，就是有名的松花江了。它是东北大地的一根动脉，在这动脉里，流淌着碧绿的血液。跳动的脉搏、流淌的碧血，给了大地绿色的生命。难怪人们颂天池为生命之泉，这并非溢美之词，它确实是“三江之源”。正如一篇散文所说：“一池天水，三江源头。鸭绿江、图们江、松花江，从长白山飞流直下，源远流长……”

尽管如此，美丽而又庄重的天地从不居功自傲，它是那样素朴谦和，不想过多地抛头露面，从不装腔作势以示超群，它默默无闻，以宽厚的胸怀温暖着三江儿女，不舍昼夜，劳作不息……当我们结束长白山之旅的时候，各种美好形象在我们的心中引起的激荡，并不只限于寻根和追远的情感。更为珍贵的是，它浓缩为一种超乎形体之上的力量，这就是三江之源泉永不衰竭的创造力。

紫霞峒走笔

到湘西南崀山旅游，是不能不去紫霞峒的。紫霞峒景区位于崀山西北部，离新宁县城只有8公里，是崀山风景名胜区五大景区中的一片被称作人间仙境的神奇景区。

那天，我们从金石镇出发，沿着新梅公路南行，便进入山间小径。

正是初夏时节，山道两旁的绿色是那样的凝碧欲滴，一簇簇的山花，红白相间地点缀其间，洁净的空气那样沁人心脾。

我们选择从公路右侧直入紫霞峒景区，踏入此地，绮丽迷人的美景扑面而来。这儿山势巍然，岩峰峥嵘，流泉漫地，村落一尘不染。暖暖的阳光射进繁盛的植被中，变幻出五彩斑斓的光芒。林涛竹海深处，紫霞飘逸，鸟儿啁啾。同行的一位新宁文友高兴地告诉我，崀山景区植被异常丰富，光是维管束植物就有184科889属2307种，森林覆盖率达到了78.1%。附近的界富山有堪称“植物中的熊猫”的天然银杉群落。曾经备受世人瞩目，“蜘蛛人”罗伯特徒手攀爬过的仅400平方米的辣椒峰绝顶上，也生长着成片的原始次森林，其中木本和草本植物就达20科23属28种，峰顶长有长青岭青冈、球花与楠、牛天果等树中珍品。

我一听，不禁啧啧赞叹。我们踩着发出淡淡波光的青石板古道，沿着一条泉水叮咚的清清小溪，溯流而上，只见溪边野蕨起伏，如镜的山泉水，从块块的巨石裂缝之中奔涌而出……如此纯净而又宜人的可爱水流，直令我忍俊不禁，走入溪潭边，弯腰掬上一口，哟，甜津津、凉丝丝的。走着，走着，突然发现溪边立着一堆奇石，前面一块凌空突起，活像一只硕大无比的青蛙，正蹲在那里伺机捕食，旁边是一汪碧水，清澈见底。如此活灵活现的自然景观，犹如人工雕刻一般，真令人惊叹。往上走，山势越来越陡峭，行至半山腰，顿觉视野开阔，放眼望去，三峰秀峙，姿态各异，其中一座从中突起一块竖石，如象鼻探物。我们再向上攀登，便到了一处坪地，这里苍松挺拔，翠竹林立，万绿丛中，耸立着一座庄严肃穆、气势恢宏的庙宇——紫霞宫。走进宫殿，一股凉意直扑过来。殿内香烟袅袅，使阴凉的大殿内弥漫着淡淡的幽香。殿前耸立着一尊高达6米的观音菩萨雕像，她通体贴金，坐在莲花宝座之上，手中应该竖立着的“玉净瓶”，在这里却别具一格地倾斜着。我大惑不解。同行告诉我，这意在把甘露尽情洒向人间。在紫霞宫并不太宽敞的院落里，周围左右已满是络绎不绝的人流了。我看到，这些游客的脸上写满了兴奋、好奇、探寻的神情，他们各有所愿。那些香客自在专注地在奉祀观音菩萨的坐像前，燃起那缭绕着恳切、祈求的红色香烛；那些无所祈愿的普通游客或在好奇地抽签，或在院内游览观赏。院外四周，风景更是怡人。环顾邻近诸峰，均是秀色可餐。遥望附近一座山峰，只见棱镜虹霓般的丽彩，璀璨缤纷，正戏舞于白云之旁，而白云也玲珑缥缈，仿佛游丝蛛网一般。蓝天白云下，除了绿色，没有一种色彩过于凝重，一切都是浅淡的，萦绕交织，迷人心意。

依依不舍下得山来，再前行，便进入一条幽深的峡谷，谷底有一神仙洞，洞中石笋林立，幽深静谧，蔚为壮观。奇特的丹霞地貌与喀斯特地貌，造就了这个长约200米岩洞奇特的结构。不远处的红瓦山绝壁，更是令人惊叹大自然的神奇。绝壁长达700余米，平均高度达100米以上，它像一面巨大的魔镜，站在附近说话，能够听到绝壁发出的悠悠回声。相传此壁曾是紫霞真人在此修道、放置袈裟的地方。崖壁洞穴密布，石缝、石窝、石壁，长满了奇花异草，无不五彩斑斓、芳香四溢，她像一幅天然的山水壁画，并以她独特的地形、地貌，呈现出“断岩挂古松，悬崖倒挂草”的奇妙意境。

沿公路往东而行，便是一处佛教圣地——玉泉山。玉泉山上林木繁盛，玉竹葱茏。从山下到山顶约有300余米，我们循路而上，随着山势的延伸，视野也开阔起来。此处是典型的山民居所，只见缕缕炊烟从各个不同的隐藏处冉冉升起，村落之中，不时传出几声鸡鸣狗吠和小孩的哭笑声，以及农人赶牲畜的吆喝声，这声音，让人像是走进了现实中的桃花源。在绿树掩映中，一座古寺坐落其间。古老而又厚重的门楣上写着“玉泉寺”三个大字。文友介绍，该寺始建于康熙四十二年（1703年）。旧寺曾毁于水，雍正元年（1723年）重修，今存镇墓塔和碑记及玉泉寺始祖第一代禅师古墓，虽几经修复，仍香火旺盛。玉泉寺，为天下七十佛教圣地，它不只是玉泉山上的重要景点，更是湘西南佛教文化历史遗迹的集中体现。附近长达33米的石檐回廊，分上下两层，双悬山间，供游人来回走动。站在此处，凭栏远眺，只见远方山峦起伏，群峰竞秀。俯瞰谷底，蜿蜒碧绿的扶夷江水，穿行于绿意浓浓、赤黑斑驳的岩峰间，江中竹筏片片摇曳其中，水光山色，交相辉映，美不胜收。

游人站在峰顶看崀山，简直就是神秘、美妙的巨幅画轴。此时正逢夕阳西坠，万朵晚霞将紫微峰、神仙峒、螺丝寨都捧到了天际。一会儿，突然起雾了，远看，崀山的峰峰岭岭在雾海中忽隐忽现，犹如万马奔腾；近看，犹如大海涨潮，波涛时起时伏，沿边峰岭仿佛兀立海中一样，峰峰岭岭一下变成了大海上的点点孤岛。倏地，一阵浓雾袭来，人裹浓雾中，雾被搅成了一团又一团。顷刻间，山风乍起，浓雾飞快地向四周扩散，那散开的雾像轻纱一样飘来飘去，顶峰的琼楼玉宇在雾气中缥缈，虚幻，使人如入仙境。

李白说："况阳春召我以烟景，大块假我以文章。"的确，崀山的奇特山川，复杂的溶洞，拔地而起的奇峰异石，神秘莫测的幽谷，碧绿清澈的江水……真是让人顿起一种"说不尽山水好景，但付沉吟"的绮丽文思、豪迈诗情！

此刻，我真切地读懂了艾青"桂林山水甲天下，崀山山水赛桂林"这首诗的真正含义。我曾经在桂林当兵生活过4年，桂林山水，留给我的印象自然很深，也很亲，但今天来到崀山，来到紫霞峒，除了桂林山水的特征在这里得到重现之外，崀山宏观的气势美，它的无穷魅力，也成为一段烙在我心中难忘的旅程。

亚洲最美的地质博物馆

——游新化梅山龙宫

最初，到新化去看梅山龙宫，对我来讲，兴趣不大。但同行们有兴趣，我只好随大溜。

从我居住的城市到新化并不远。我们一行18人，坐着从旅游公司租来的双排座面包车。由于该车前悬架为梯形的双摆臂，前轮定位调制不是太好，行驶的平顺性可能有问题，加上路面较差，底盘又矮，坐后面的我，真有点受不了一路的颠簸。导游是个20岁左右的女孩，她想在车上调动气氛，率先为大家唱了一首歌。唱完，她要我们每人来一首，大家也不客气，人人高歌一曲，车里的气氛活跃起来。

在大家的说笑声中，汽车不觉进入新化县城。这是一座位于湖南省中部，建于北宋熙宁五年（1072年），有着千余年历史的古老县城。此地旧称“梅山”，不仅是苗族、瑶族等少数民族的聚居地，更是积淀深厚、源远流长的“梅山文化”的发祥地。当然，还有一点值得一说，中国近代史上的风云人物陈天华，在朝鲜跳进3米多深的冰窟窿救崔莹的国际主义战士罗盛教就出生在这里。如今，占地3000平方米的罗盛教纪念馆就坐落在县城资江大桥西侧。

过县城，到梅山龙宫还得向北走29公里的路程。这段路是一条新修的不是很宽敞的水泥路，路两旁栽着青葱碧绿的松柏，只可惜这些松柏还小，看路旁的土壤肥力也不足，要想它长大成林，不知要等到何年何月。好在路旁不远处的山岭均是绿意盎然的。汽车载着我们沿着环山公路继续前行，一晃眼，便看到了路左边缓流向前的资江水，在阳光照耀下一路舞动着迷人的波光向前缓缓而流。对岸远处弯弯的绿绿的河滩上，几头水牛正在悠闲自得地撒着欢儿。我们穿行于山间，空气那么清新，大家把车窗玻璃全部打开，深深吸吮着这山野的泥土和植被的芳香，尽情享受着从山凹中折射出来的阳光的温暖和自然山风的抚弄。

29公里的路程，汽车走了不足一小时就到了游溪乡高桥村的河对岸。找好泊车位，导游领着我们坐船渡过了资江。看看已临12点，吃饭的时间到了。用餐地点在龙宫附近的一处农舍。去时，饭菜还未弄好，大家就坐在饭厅或门外的阳台休息。餐厅不大，只因在此用餐的人不多，也就显得并不拥挤，桌子的摆设全是乡下那种坐8人的四方形方桌子，别具一格还带有一点的洋味的是，餐厅的墙壁上主人挂了一幅与外宾在此用餐后的合影。

不一会儿，饭菜端上了桌子，几道家常荤菜：香菇炖土鸡、水煮活鱼、排骨炖莲藕；还有几样大家爱吃的绿色食品：小笋炒精肉、清炒蕨菜、清炒白菜苔；汤是很有当地特色的新化三合汤。土鸡吃下去还是有鲜味的，且很香，是纯土鸡的那个味。只是那鱼，大家很少动筷，吃下去没有河鱼的鲜，淡淡的。小笋炒精肉、清炒蕨菜是大家吃得最欢的。

饭毕，导游领着我们前行看洞。沿着树木搭起用杉木树皮置顶的走廊，在一依山傍水的转弯处，仰望天然的巨无霸似的洞门，“梅山龙宫”四字熠熠生辉。洞门顶上的天然灌木林，像一把张开的大伞，很富诗意地笼罩着洞门。进洞的右壁上人工镶嵌着一个直径约50厘米、标有“中国国家风景名胜区”等字样的铜质铭牌。进洞时，大家兴趣盎然地站在铭牌下照相。我站一旁，看洞内的水流入洞外，洞门外刚好有一小潭，潭水清澈见底，水中游鱼清晰可见，仿佛在空气中飘浮游动一般，这潭水里的美景深深地吸引了我。

洞内的导游引我们从狭口处入洞。进入洞内，步行数米。只见洞厅空间开阔，气流畅通。高达80米的楼层空间结构，规模宏大，无数晶莹剔透、形状怪异的钟乳石，在七彩灯光的映照下，闪闪发光。洞左有斜坡，因岩溶现象形成道道石埂，宛如山寨梯田缩影，“田中”水汪汪的，洞顶上点点滴滴的水珠，终年不断地灌溉着它们，水曼妙地溢出低矮的石埂，如同梦幻一般。

坐在小小的木船上，穿行在低矮深幽、充满神秘感的溶洞阴河时，才真正提起了我对梅山龙宫的兴趣，感觉不虚此行。水道460多米长，两边洞壁美景犹如桂林漓江浓缩景观。船在阴河中慢慢划过，忽见洞顶一处夹缝，仰望发现，仿佛置身在一个宽度不足10米、高达40米以上的峡谷中；而最高的洞顶处，石钟乳如林，垂吊而下，参差不齐，盖于头顶，颇为壮观。

出水道，我们便开始了层层向上的游览行程。行不远，只见一个从中裂开的巨大的天然钟乳石莲，十分逼真。它兀立于古河道上，在地下河不断的冲蚀作用下，因掏空基脚而断裂坠塌，又因重力顶托，层状的石笋二度分裂，形成多层的“莲花瓣”，因此被人们命名为“哪吒出世”。这是梅山龙宫的标志性景观之一，也是世界溶洞自然景观“四绝”之一。

前行100米左右，有一个巨大的石厅，大厅高处有一座数百平方米，似置于云端的大洞室。洞底平坦，潺潺流水绕过层层石田，洞口左右两侧分别立着直径约8米、高12米的巨型石柱，在灯光映衬下，使人仿佛进入天宫世界。

愈往前行，景色愈加瑰丽。洞中的“天宫仙苑”，琳琅满目。其中天宫瑶池、海边红树林、后花园、灵霄殿都是国内洞穴中少有的胜境。

令人惊叹的是水漫金山的绝世景观，景点顶部有数百万根洁白无瑕、美妙绝伦的鹅管和姿态各异、层次分明的钟乳石，底端是一巧妙天成的瑶池，池底水平如镜，池面面积360多平方米，池的一侧是一座自然形成的拦水坝，坝高约1米，曲线优美，纹理清晰，令人惊叹。更绝的是，鹅管和钟乳石倒映在水中，上下映照、浑然一体，形成了一座五光十色的巨大水中金山，光芒四射、龙鳞点点。正如导游所说，一池碧水，水平如镜；满天珍宝，倒映迷离，真是美极了！

“远古河床”位于四层洞穴，有大面积的古河床沙砾层沉积。沙砾沉积因受到多个时期的再侵蚀，现在有的分布在洞底，有的则残留在洞壁上，并形成了大片色如白雪的雾凇景观。然而，让我更迷恋的是宝中宝景点那精巧、秀丽的温柔之美。约6米高的景点，被一个罕见的薄薄的泥沙所形成的古河床断面分成上下两层。古河床上千奇百怪的钟乳石以及半透明的、脉络清晰的石幔、石笋和古河床的下层悬挂着的那数不尽的细如牛毛、洁白无瑕的大面积细小鹅管，在七彩灯光映衬下，显得晶莹剔透、辉煌灿烂。更不可思议的是，硕大的上层景观仅由几根柱子支撑，柱子表面流水冲刷的远古痕迹至今仍清晰可见。第九届全国洞穴研究会的与会专家认定梅山龙宫的自然资源在全国是首屈一指的。卢存岳教授称赞它为“亚洲最美的地质博物馆”。

感受河池

应邀参加“中国德胜酒文化大型有奖征文”颁奖典礼，有幸去了一趟河池。从我居住的城市去河池没有直达班车，须从桂林或柳州转车。好在全程高速，600多公里的路程，一天就能到达。

风景如画的河池城

在柳州分道，汽车驶入汕昆高速公路。这是一条通往宜州的新修路段，原以为河池这一带都是崇山峻岭，其实不然，它与桂林一样，属典型的喀斯特地貌。虽丘陵山地多，但平原、盆地也不少。一路往北，看满山翠绿，看田野里一望无际的绿油油的稻田平整地展现在大自然里，心里有一种说不出的舒服。车至河池，已近傍晚7点。下车来，给人的第一感觉，河池这个城市很干净，街道很整洁。主办方已派车在车站接我。从车站到下榻的河池大酒店也就只有1公里路程，晃眼就到了。这是一家四星级的宾馆，两栋楼房并列排列，很气派，接待我的罗经理告诉我，这是河池最好的四星级宾馆了。我被安排在三楼的一个双人间，一个人住，房间很宽敞，里面电脑等设施齐全。

来不及休息。放下行李，罗经理带我到附近一家餐馆用餐。

餐馆为本地的一栋民房，用餐的地方在二楼，我俩到时桌上已坐满了人，正碰上这天他们公司的一个部门经理生日，同事们为他庆生，很热闹。由于到得晚，大家等了很久，见我到了，互相打过招呼，也就没有过多闲聊，坐着开瓶倒酒，欢悦地干起来。酒是22度的德胜米酒，度数不高，但开瓶即闻香。此酒是用刘三姐家乡宜州产的香米和当地独有的泉水酿制而成，相传已有1500多年的历史。本人好久没有喝过这种牌子的德胜米酒了，想当年在桂林当兵时，曾经品尝过这种酒，一种久违的亲切感油然而生。尽管那天我牙和咽喉痛得厉害，但我还是端起酒杯，痛饮一番。桌上的菜也很丰富：香芋扣肉、荷叶粉蒸肉、家常豆腐、烤罗非鱼等令人嘴馋。

酒足饭饱后，大家还要去一家歌厅娱乐为同事庆生。因我坐了整天的车，实感疲劳。谢绝了大家的热情邀请，打出租车回宾馆。令人诧异的是，开车的是个女士，我真正感受到河池这个城市的治安是何等之好！想想有些城市，出租车司机夜晚常被人打抢，驾驶室用不锈钢条焊得像个铁笼子，不觉生出几多的感慨，羡慕生活在这个城市的人们。

颁奖会定在第二天夜晚。翌晨，我起了个早，洗漱完毕，提着相机，独自出了门。走在街上，感觉这座桂西北的山城空气很新鲜，城区楼厦间就能看见座座的山峰，晨曦中，几分朦胧，几分清晰。

街道上已被环卫工人清洗得一尘不染，一些夜宵摊店铺的门前，用水冲洗得很干净，看不出地面油渍的痕迹，想必是用清洁剂擦洗过的。各家店铺均还未开门营业，除了广场上聚集了一些晨练的人外，街道上行人不多。

我在街上悠闲地走着，发现街道边的公交站牌很醒目而且很清晰地标注站名，让人一目了然。而一些机关、事业单位门前的招牌做得却不大，不像我们有些城市的一些单位，级别不大，招牌大得惊人。

信步走到河池书城附近，发现这里有一个大广场，走近一看，原来广场地下是一个叫金城地王的地下商场。拾级而上，便是一个宽阔的广场，确切地说，应是一个娱乐场。正逢星期六，广场上聚集了很多大人和小孩，大家玩得正欢。一角是一个很大的KTV，外观是椭圆形全景式玻璃幕墙，使人联想到国家大剧院的屋顶。站在广场的一角，看对面，被一座骆驼一样的山峰挡住了前方视线，山峰下耸立着两尊雕像，一条长长的青石台阶由下而上，两旁密密地都是层层碧绿的树木。我心怀好奇，决定登上一看。横过街道，一座四柱三拱门式的牌坊引人注目，牌坊正中石雕刻着5个朱红色大字：金城江公园。

青石砌成的登山台阶很陡，两旁没有护栏，只有像哨兵一样间隔站着成行的石柱子，柱子上虽打有孔，但没栏杆穿过，不知是一直没装上去，还是装上去，被人拆除了，我沿着石阶一步一步往上登，感觉就像登长城。登到

韦拔群雕像

半山腰，往下一看，房子，街道上的车子和行人变小了，成了一道微缩的景观，而山上的雕像却愈来愈大。

走近，一尊咖啡色的雕像巍然耸立于眼前，雕像基石前刻有三个格外醒目的红色宋体字“韦拔群”。见到这个名字，我不觉对雕像肃然起敬。韦拔群，我国早期农民运动三大领袖人物之一，大革命时期和土地革命时期叱咤风云的红军将领。中华人民共和国成立后，毛泽东、周恩来、邓小平等老一辈无产阶级革命家，先后在不同的场合多次提及过这位河池人，对这位杰出人物，寄予深切的怀念。雕像为韦拔群全身站像，他左肩右斜毛瑟手枪，腰扎牛皮带，深凹的眼睛目视前方，再现了大革命时期，韦拔群那种气宇轩昂，领导人民闹革命的英雄气概。可惜这雕像并不是根据韦拔群的真容而雕塑的，这位革命者牺牲后，头颅在广西游行示众，尸骸流失，也未留下一张照片，他生前的真实相貌至今仍是谜。

韦拔群雕像背后，是一座形似利矛的烈士纪念碑。宽阔的广场左右都建有亭台楼阁。

站在公园之巅鸟瞰，城内山峦叠翠，城外山峰连绵，在这里，不论从哪个角度去看，都是一幅美丽的风景画。在我眼里，河池这座山城独特的风韵，能与甲天下的桂林媲美，真是山在城内，城在山中，城因山得益，山因城彰显。

登上山顶才知道，原来还有两条盘山公路直达这里，公园占地宽广，景点很多，是一座集爱国主义教育与人文景观、自然山水于一体的复合型公园。只因时间关系，我不能一一细看，在公园待了两个小时，就下了山。

沿着街道从客运汽车站往西北走，就见到了两条大桥并排斜跨过江，桥下是湍急的龙江水，河两岸的风光更是令人心醉，就像一幅幅美丽无比的图画。我似乎觉得，又来到了另一个湘西凤凰城。

龙江水源很丰富，河两岸竟还有人在湍急的河水中用网捕鱼。我想，这座年轻充满活力的山城，定会变得更加美丽、更加繁荣和富强。

岳阳楼头洞庭波

对岳阳楼的认识，始于《岳阳楼记》，范仲淹那篇脍炙人口的名篇让我对岳阳楼十分神往。然而，亲自登楼，已是20多年以后的事了。

岳阳楼矗立在湖南省岳阳市西门城头，东倚巴陵山，西临洞庭湖，北枕万里长江，南望三湘四水。它与武昌的黄鹤楼、南昌的滕王阁同为我国著名的江南三大名楼，距今已有1700多年的历史了。岳阳楼儒骨数根、气韵独钟，是座牵系着传播着楚文化的圣楼。

岳阳楼曾为三国时期东吴大都督鲁肃的阅兵楼，它占地251平方米，为“四柱、三层、飞檐、纯木”结构的建筑。楼中的四根楠木大柱穿过二层的楼板直贯楼顶，12根金柱作为内围，支撑二楼，外围则以20根檐柱彼此牵制，结为整体。与众不同的是，三层12个檐全是飞檐，像12只张开的翅膀，仿佛整座楼正展翅欲飞。置身于楼下，仰望楼顶：整个楼顶就承托在玲珑剔透的如意斗拱之上，曲线流畅，宛如古代将军的头盔，在阳光的照耀下，盔顶和飞檐放射出金光异彩，和蓝天、碧水交相辉映。

拾级而上，《岳阳楼记》全文的雕屏就镶嵌在岳阳楼二楼正中的墙壁上，由12块珍贵的紫檀木精雕而成，清乾隆年间大书法家张照书写，字体遒劲有力，为书法珍品。令人疑惑不解的是，这一幅雕屏和一楼的那幅内容相同，大小相等，甚至连字体也差不多，这究竟是怎么回事呢。原来，100多年前，岳阳有个知县，看到张照书写的雕屏无论书法、刻工和木质都是珍品，便起了贪念，暗中派人仿造一幅，想要偷梁换柱。在一个风雨交加的夜晚，他驾着小舟从洞庭湖爬上岳阳楼，安上赝品，取下真品，望风而逃，不料船至途中，风浪大作，船翻人亡。雕屏落入水中，后被渔民捞起，重归岳阳楼。从此，两块雕屏同至岳阳楼，无论是真品还是赝品，都刻有《岳阳楼记》的原文，使岳阳楼更具传奇色彩，而“先天下之忧而忧，后天下之乐而乐”，更成了岳阳楼的精髓。步上三楼，神龛内供奉着吕洞宾雕像，虽几经沧桑，其神仙的风貌仍然栩栩如生。三楼檐柱上挂着一副落款“长庚李白书”的对联：“水天一色，风月无边。”字迹刚劲潇洒，实为罕见。此联是否出自李白亲笔，亦无从查考，但“水天一色，风月无边”确是登岳阳楼景色的确切写照。

“巴陵胜状，在洞庭一湖”，站在顶楼，凭栏远眺，八百里洞庭湖展现在眼前：果然是“衔远山，吞长江，浩浩汤汤，横无际涯”，无怪乎“迁客骚人，多会于此”，为岳阳楼留下了无数诗篇。而远处的君山大小二岛，隐约浮现，恰似美人眉黛，犹如两颗明珠，赋予这无垠的湖面以浓郁的诗情画意，阳光的晦明变化，波光的诡谲奇幻，恐怕连善绘丹青的大师到此也觉技穷了。

身临其境，欣赏到“长烟一空，渔歌互答”的景致，真是“心旷神怡，宠辱偕忘”了。

下得楼来，再回望岳阳楼，门楣上，郭沫若1961年亲书的“岳阳楼”三个烫金大字，还是那样灿烂，岳阳楼光彩亦然，但此时笔者似乎多了一种沉重的感觉。正如大门两旁檐柱上刻着的对联：“四面湖山归眼底，万家忧乐到心头。”

吐鲁番纪行

对“丝路明珠”吐鲁番的认识，始于少年时上地理课，知道那是我国陆地海拔最低的一个地方。后又拜读了闻捷的组诗《吐鲁番情歌》，对吐鲁番从此就充满了向往，憧憬着有朝一日能亲临这“葡萄王国”一游。今年盛夏时节，我终于如愿以偿踏上了这块古丝绸要道上的塞外绿洲。

吐鲁番位于乌鲁木齐市东部，两地相距187公里。汽车驶出市区，开上了乌吐高速，途经达坂城风力发电站，高高的风车就像城市的路灯一样，整齐地排列在路的一侧。常年披上银装、连绵起伏的天山山脉和威严雄伟的博格达峰，在阳光明媚的蓝天下格外清晰。但此时的我在烈日下，不禁生出几分寒意。

沿途尽是些砂石山头，裸露出岁月和风沙留给它深深的皱褶；有时却又是细腻的，粒粒黄沙堆积起柔和的山梁。戈壁滩上除了路两旁的电线杆什么都没有。虽没有一丝绿意，却格外清凉。我交臂捂在胸前，陪同的新疆朋友见了，笑着说：“过个时辰，你就能感觉到我们吐鲁番的热了，昨天电视上天气预报显示，今天吐鲁番气温高达42摄氏度。”我一听，吓了一跳，不禁想起了一句谚语："早穿棉袄午穿纱，围着火炉吃西瓜。"

不一会儿，汽车驶进浩瀚的戈壁滩，一阵阵热浪袭来，交叉的双臂已不自觉地放开，似乎不再感觉凉了。

汽车经过两个多小时的奔驰，我们进入了吐鲁番市郊，首先映入眼帘的是那一望无垠的葡萄园。错落有致的葡萄架排列有序，一行行粗大的葡萄藤齐崭崭地攀缘在架上，又匀称地铺展开，形成厚厚一层绿荫。青亮亮的马奶子葡萄、圆溜溜的玛瑙葡萄、无核的白葡萄密密麻麻、沉甸甸地垂吊着，似乎在向路人炫耀它的妩媚和富饶。

汽车从一幢幢圆顶楼房门前驶过，一条罕见的"葡萄街"立刻展现眼前：宽阔的主干道和人行道，全都被浓荫匝地的葡萄藤蔓覆盖。红色高大的钢梁铁架，撑起长长的绿色长廊。那翡翠般的串串葡萄挂满枝头，散发着诱人的芳香。

午后，我真正感受到吐鲁番的热了。不是身临其境，便体会不到太阳竟会如此毒辣，但身处树荫和葡萄架下，却又凉爽宜人。难怪在我们下榻的绿洲宾馆，客房门前的走廊里、又长又宽的人行过道上以及窗户上，到处都是一片片绿荫。葡萄架下，三五成群的男女，围着满桌新鲜、甜蜜的葡萄，品尝着，说笑着。见此景，我也情不自禁地找了一处地方坐了下来。一会儿，宾馆里两位美丽的维吾尔族姑娘给我们送来了黄澄澄的哈密瓜、晶莹剔透的无核葡萄和肥硕颗大的马奶子葡萄。此刻，我们放开了肚量，尽情地吃了起来。吃够了葡萄，新疆的朋友说："这个时候，最好是到'坎儿井'乐园一游。"于是，我们头顶烈日，兴致盎然地前往。

素有"火洲"之称的吐鲁番盆地，水贵如油，年降雨量仅为16毫米，而蒸发量达3000毫米，根本不可能利用地面水农用和饮用。坎儿井不愧为吐鲁番盆地这块绿洲的生命之源，它始建于战国末期，距今已有2000多年历史，它与长城、大运河齐名，被誉为我国古代三大工程。

新疆的朋友给我介绍说，坎儿井的设置虽然简单，但工程却很艰巨。首先要在高山雪水潜流处，选择合适地段开挖，汇集地下潜水，然后在戈壁滩上每隔20~30米挖一口竖井（竖井最深的达60~70米），在竖井之间再挖一道地下暗渠。竖井的深度由引水处至出水口按一定坡度逐渐缩短，地下的潜水沿着暗渠的一定坡度，源源不断地流到绿洲出水口，再引入地面明渠，分流用于灌溉和饮用。目前，在吐鲁番盆地，现有坎儿井1000多处，暗渠长达3000公里。走进坎儿井乐园，如同走进一个迷人的世界。坎儿井水冰凉澄澈，葡萄棚下清风送爽，风格别具的坎儿井研究中心展览馆，让你流连忘返；风味餐厅，新疆地方特色的美味佳肴令人目不暇接，胃口大开。伴随着热情奔放的维吾尔族舞曲，头戴小花帽、扎着小辫儿的维吾尔族姑娘热情大方地跳着新疆舞邀请着游客，此刻的我已完全陶醉在这欢乐而又融合的民族大家庭里。

到了吐鲁番，是不能不去看看火焰山的。翌日清晨，我们驱车上了鄯善公路，不久便转道向北而行。火焰山位于兰青铁路南侧，长约100公里，宽仅9公里。由中生、新生代海底岩浆喷涌隆起而成，山坡沟壑纵横，为古气候条件下风雨侵蚀的结果。正是上午时分，紫红色砂岩在太阳直射下灼热闪光，气流缭绕上升，犹如熊熊烈火。我们被阳光蒸烤得红光满面，第一次感觉到了火焰山的威力。

“八百里火焰，四周寸草不生”，这是当年吴承恩在《西游记》里所描绘过的火焰山。然而在神奇的千佛洞下，几座陡峭的岩峰山间，有无数清泉，泉水自然涌发，集流成溪，犹如一条条曲折的绿带，镶嵌在火焰山四周。沿岸树茂草丰，庄稼成垅。世代在这里繁衍生息的古老民族，无不被火焰山中流出的生命乳汁滋润、育养。

柏孜克里千佛洞耸立在千古洪荒的悬崖绝壁之上，众多的洞窟和壁画，已大多残缺不全。壁画产生于佛教盛行的唐朝。到了近代，一些西欧人来此偷窃，将大量的壁画切割挖取，使这古老的民族艺术文化遭到了人为的破坏。

我们在去高昌古城的路上，还顺道游览了阿斯塔那古墓群。进入墓区要经过一条幽深的通道，没有强烈的电灯光，原始的照明下，一具具木乃伊或卧或立于墓穴深处。我匆匆地看一眼便逃出，爬上地表，大口大口地呼吸着新鲜的空气。看着一队队男女纷纷进入，我心想，也许人们像我刚才一样仅仅是怀着一种好奇心吧！

高昌古城虽不像交河遗址那般地势险要，但规模气势则比交河大得多。相传当年汉武帝西征，见此地土地富饶，地势高敞，便留下部分老弱残兵在此安营扎寨，后人丁渐旺，生活日日昌盛，便以高昌名之。明代以前，这里一直是吐鲁番盆地政治和军事中心，后因各部落相互掠夺屠城，才成了废墟。如今这里游人甚少，由于时间紧迫，我们也只是匆匆地一转，便调转车头直奔葡萄沟。

葡萄沟其实是火焰山西侧的一条峡谷，坡谷涌碧叠翠，水渠纵横，山坡上和沟底里一层层延伸排列的葡萄架覆盖在赭红色的砂岩上，坎儿井引出的雪山水汇成了一条水溪纵贯二三十里，灌溉整个葡萄沟。这里的民居多为半穴式居屋，墙壁厚达米余，四周窗户紧闭，家家户户门口的葡萄架上绿荫浓盖，串串挂满枝头的葡萄像水晶、似玛瑙，目不暇接。

葡萄街简直是个葡萄世界，大街小巷葡萄摊担、摊贩比比皆是，无核白、马奶子等10多个品种的葡萄干，令人眼花缭乱。新疆的朋友说，这里的无核白葡萄声誉最著，葡萄干果肉柔软，鲜绿晶莹，果香芬芳，酸甜适度，在国际市场上享有“中国绿珍珠”之美称。

回到下榻的宾馆里，已是晚上9时。在枝叶茂盛、硕果累累的葡萄架下，听着新疆民歌，慢慢地啜饮着天山雪水酿造的色泽浅淡、酒质清纯的葡萄酒和浓郁香甜的红葡萄酒，啃着那满口生香的手抓羊肉，吃着那独具特色、味道香甜的馕，我十分惬意。

鼎湖山：北回归线上的绿洲

游鼎湖山，正值盛夏。我们从广州打出租车，86公里的路程一个小时就到了。尽管山外闷热如炉，但鼎湖山却是一片清凉世界。我们沿着郁郁苍苍的盘山路而上，细细欣赏鼎湖山风光，感到心旷神怡。

鼎湖山山深林茂，溪清瀑溅，不愧是华南著名的风景区，消夏避暑的胜地，亚热带的天然植物园。我们越往前行，森林越是繁盛。那些野蕨、大树、攀缘植物、悬挂植物等，形成了一个翡翠世界，像一把把绿色的巨伞，遮天蔽日，青翠欲滴。据统计，鼎湖山所存植物多达1700种。在自然保护区总面积17000多亩的常绿阔叶林中，原始森林占了2000多亩。这在阳光直射的地球北回归线附近，是十分罕见的。因此，鼎湖山以它古老的树木群落、珍贵的飞禽走兽、名贵的中草药材等享誉中外。1995年3月，我国邮电部还发行了一套四枚的“鼎湖山”风光邮票，这更吸引众多的中外专家学者和游人前往参观、考察和游览。

在这片浓绿、幽静、清凉的天地里，我们禁不住深深地呼吸着这大自然惠赐的森林气息。据导游介绍，鼎湖山景区空气负离子浓度普遍在1万对以上，其中有的景区负离子浓度高达10.56万对。而空气负离子是重要的森林旅游资源，一般在每立方厘米700个以上时，使人感到空气清新；在1000个以上时，有利于人体健康；在8000个以上时，可以辅助治疗哮喘、慢性支气管炎、烫伤、萎缩性鼻炎、萎缩性胃炎、神经性皮炎、神经官能症、肺气肿、偏头痛及高血压、冠心病等疾病。

沿着天溪的石阶而上，过半山亭，清幽的密林中隐隐传来雷声。有游人说，这就是鼎湖山最为动听的飞水潭瀑布声。果然，未见瀑影，已觉一阵阵凉风夹着水沫飘来。近了，“飞水潭”三个遒劲的大字映入眼帘。只见这里三面峭壁，高崖耸翠，飞流直下的瀑布被巨石一击，分三部分喧腾飞溅，喷射出高高的水花，如雪如雾，在高空中旋转跳荡。难怪清代诗人袁子才曾有诗赞云：“石磴迂回千万曲，似带如环往而复。秋阳隔树笠帽凉，松荫覆地衣裳绿。溪声渐大人声小，高崖瀑布飞难了。万丈狂澜五道奔，轰雷掣电忘昏晓。”

飞水潭是一泓清潭，水虽幽深却见底。1917年，时任民国大总统的孙中山先生曾邀请爱国华侨游鼎湖山，就在这飞水潭里尽兴畅游过，如今，宋庆龄同志亲笔题书的“孙中山游泳处”几个秀丽的大字就镶嵌在飞水潭的峭壁上。

不远处便是白云寺，这座寺始于唐代。1200年前，名僧智常在这里开山创建了白云寺，后虽经历代修葺，但至今仍保留着原来的风景。近处还有三昧潭、罗汉桥、龙潭等遗迹。涅槃台是当年智常圆寂的地方，这里的巨石山后尚留有珍贵的唐代石刻和古老的千年梅。来到风来山南麓，庄严典雅的庆云寺坐落在翠峰中间，寺中的千人锅、大铜钟，让人仿佛看到昔日众僧们在香烟袅袅的大殿上参禅诵经的盛况，隐隐听见回荡在深山古寺的悠扬钟声。

庆云寺建于明代崇祯年间，到现在已有300多年了，寺内有两棵四五百年树龄的菩提树，每当春暖花开的时候，古老的菩提树满枝银花，随着春风细雨，小白花瓣从树梢高处纷飞撒落，落英缤纷，构成了“菩提花雨”的画面，被列为鼎湖山十景之一。这里还有一株与庆云寺同龄的白茶花，树叶繁茂，生机蓬勃，年年鲜花怒放。游者皆惊叹这棵高龄“花瑞”。有游人赋诗赞曰：“三百年间兀自花，沧桑看尽漫兴嗟。雄心不怕枝柯老，待得春来竞物华！”

走出庆云寺，踏着清幽蜿蜒、日影斑驳的曲径而下，便是仿唐代亭宇结构，古朴庄严的荣睿碑亭了。亭正面檐下镶嵌着赵朴初手书的“荣睿碑亭”匾额，亭中央矗立着一块竖式石碑，上刻“日本入唐留学僧荣睿大师纪念碑”。相传荣睿于唐天宝年间来大唐邀鉴真和尚东渡日本传经，五次东渡未遂。公元750年，荣睿、鉴真一行从海南绕道广西准备北返，途经端州龙兴寺时，荣睿积劳病危，寂化于鼎湖山，后人为了纪念这位为了中日文化交流不惜一切艰难跋涉，百折不回的使者，特修建了这座纪念亭。

看过荣睿纪念亭，已是暮色苍茫之时了。鼎湖山还有好多的景点我们未能涉足，不觉生出了一份遗憾。我想，下次再去广州，一定还要去好好观赏鼎湖山。

芳池月映　故宅风存

——访耒阳蔡侯祠

到湖南耒阳旅游，难忘的是去拜访蔡侯祠。

遗憾的是，当时去蔡侯祠不通车，我只好租坐一辆摩托，七弯八拐地穿过几条小巷，沿小径侧身而进。首先映入眼帘的是遮掩了石板路的茅草，那些还未融化的白雪在这浓密而又修长的茅草中犹如一颗颗晶莹洁白的珍珠，被初冬的寒风一吹，发出低沉的响声，似在向后人诉说着一个古老而又并不遥远的故事。

“这就是蔡伦纪念馆”，顺着一位游人的手指，一座极为陈旧的老式祠堂孤独地立在一块芳草萋萋的空地上，“蔡侯祠”三个大字赫然在目。铁皮包裹着的大门虽已锈迹斑驳，但门前的一副楹联，“芳池月映，故宅风存”却格外醒目。行文优美，苍劲有力。这是一代文豪郭沫若的手迹。轻轻跨过门槛，一尊褐黑色的铜像立在馆中，座上刻着两个正楷字——“蔡伦”，使人不觉肃然起敬。

里面三个展厅，分别陈列着蔡伦这位伟大发明家用过的玉鼎、渡槽、纸桥、石臼等什物，看着这些被岁月侵蚀和风化的古物，我感到了历史的凝重。静静地走过已经腐烂的门槛，顺着一条狭窄的小路，往东走见到一池碧水。这一口方方正正的池塘，当年蔡伦用它浸泡着人类走向文明的智慧和精华。经过剖竹、捣料、稀浆、上槽、去水、抄纸、分纸、晒纸这一整套完整的造纸技术，蔡伦以勤劳和智慧，经过千百次的实践和改造最终制成了“蔡侯纸”。现在，一些地方仍在沿用这古老的造纸方式，为民造福。昔日，那热闹非凡的造纸作坊里，一张张不同凡响的纸就是从这里走向全国，漂洋过海，使历史从刀耕火种、竹简尺牍的沉重中走出来，推动着整个人类文化的发展。

蔡侯祠伴随着流走的光阴，饱经沧桑历史的蔡侯祠留下了一道道难以磨灭的印痕，它太陈旧了。为了这个文物古迹不至于湮没，1996年，湖南省人民政府对蔡伦园修葺做了总体规划，整个工程分四期进行，包括整修现有设施，兴建博物馆、纸品市场及游乐场等，总投资3000余万元。如今，已投资80万元整修现有场所，反映当年造纸工艺流程的造纸作坊及场内绿化的第一期工程正在紧锣密鼓地进行。不久，一座集文化、历史古迹、娱乐于一体的大型蔡伦园将展现在游人眼前。

往前再走500米就是蔡伦的衣冠墓。这里古柏参天，绿树成荫，虽然天气寒冷，但前来游览和凭吊的人还是络绎不绝，人们怀着无限的敬意对蔡伦这位“纸祖”，寄以深深的怀念。

是的，现代的潮头冲不走历史的古朴和沧桑。“芳池月映，故宅风存”正是对蔡侯祠的真实写照。

千秋草堂　诗圣留芳

过青羊宫，沿浣花溪畔成温公路前行，不远处便是古今闻名的杜甫草堂了。也许是笔者从小就受杜甫那篇脍炙人口的《茅屋为秋风所破歌》影响太深的缘故，今天目睹的草堂，并不是自己想象的那简单得漏雨的“茅房”。草堂有正门、北门、南门之分，从正门进，门外便是两株婆娑荫盖的大榕树，两侧的粉墙成八字排开，幽深怡人，恬静肃穆。门檐上悬挂着出自杜甫诗句的楹联：“万里桥西宅，北花潭北庄。”据介绍，这两句诗，自清代至今，均为草堂正门的门联，它点明了杜甫草堂当年故址的位置所在。在这里，早已寻找不到杜甫笔下当年那几户野老人家的踪影了。往事越千年，草堂在历代几经扩建，如今已焕然一新，变成了一座溪流环绕、竹木葱茏的祠宇园林。

侧身举目，一条小溪横淌于脚下，上面是一座青石铺成的短桥。这条小溪在杜甫的诗句中，笔者早就熟知了：“浣花溪水水西头，主人为卜林塘幽”“昼引老妻乘小艇，晴看稚子浴清江”“田舍清江曲，柴门古道旁”“窗含西岭千秋雪，门泊东吴万里船”……这些水灵灵的诗篇，仿佛都在这流水中浸润过，至今仍能使人感觉到闪耀在那上面的粼粼波光。过石桥，便是绿树掩映下的中堂。厅内古朴典雅，但无桌椅几案陈设，正中置放着杜甫全身的铜像。铜像内涵厚重，那低首捋须、沉思苦吟的神态，那单薄羸弱的身姿，表现出杜甫饱经风霜的一生，把诗人忧国忧民的博大情怀抒发得淋漓尽致。站立其旁，面对杜甫铜像，不觉肃然起敬。

穿过中堂，行约十几米，便来到草堂的主厅——诗史堂。诗史堂与中堂连接在一起，形成一个宽敞的庭院。院内遍植梅树，枝叶葱翠，幽香袭人。

堂前横匾上的“诗史堂”三个大字刚劲有力。两侧楹联上写着：“地有千秋，南来寻丞相祠堂，一样大名垂宇宙；桥通万里，东去问襄阳耆旧，几人相忆在江楼。”正中放置着杜甫的半身塑像，两旁楹柱上是朱德元帅1957年游草堂时题写的对联：“草堂留后世，诗圣著千秋。”杜甫的诗画与录写杜诗的书法珍帖，以及后人对杜甫的纪念和评价等文字图片，均展于左右陈列室。

在幽深、宽敞的走廊、庭院漫步，不觉便来到了柴门。因其简陋低矮，便叫作“柴门”。柴门虽矮，但南北通畅无隔。门前，清溪碧水流淌，翠竹青茏。门上横匾“柴门”为著名画家潘天寿所书。楹联上悬有明朝何宇度根据杜甫《宾至》中的诗句改写的对联：“万丈光芒，信有文章惊海内；千年艳慕，犹劳车马驻江干。”柴门正北的第五重建筑是工部祠。据介绍，工部祠为清嘉庆十六年（1811年）所建，后虽有修葺，但整体未变，风貌依旧。工部祠为祭祀的祠堂，规模并不宏大，仅为一般平房。内有宋代诗人黄庭坚、陆游的塑像，还有清乾隆时的《少陵草堂图》等什物。祠内有两尊神态截然不同的杜甫石刻像，一个瘦骨嶙峋，面容憔悴；另一个容光焕发。后听游人解释，才悟出其中的意味，原来几百年前，对于杜甫这位伟大诗人的理解，竟有对立的两派，即："胖派"和"瘦派""富"与"穷"之争。在工部祠左右两侧，有两个以杜甫"懒性从来水竹居""野航恰受两三人"诗句命名的建筑："水竹居"和"恰受航轩"。它们与工部祠形成品字形小院。

杜老夫子居住过的真正"茅屋"故居，位于碑亭北面，是1997年2月，由当地政府拨出专款，借鉴川西民居的特点重建的。"茅屋"主体建筑5开间，4座配房，竹条夹墙，裹以黄泥，屋顶系茅草遮苫，再辅以竹篱、菜园、药圃，使整个建筑古朴中透露出浓浓的文化色彩。

杜甫是我国历史上伟大的现实主义诗人。他一生穷困潦倒，但写下了许许多多光彩粲然的篇章，特别是在成都旅居的4年生活里，诗人写下了240多首诗篇，大大丰富了我们伟大祖国的文化宝库。

岁月尘封　正气不减

——拜谒海瑞墓

踏着椰风海浪，我终于登上了海南这块充满南国情调的土地。到海南，若不去被海南人称为“琼湖胜境”的海瑞墓一游，将是一件憾事。在《海口晚报》一位好友的陪同下，我们从海口市往西南驱车6公里，就到了海瑞墓的所在地——滨涯村。

海瑞应为琼山区下田村人，为何葬于滨涯？据当地人介绍，海瑞死后，运送他的棺椁途经滨涯时，捆棺椁的四根绳索整齐断了，棺椁落地。当时人们认为这个地方“风水”好，就决定把棺椁葬于此地，并于明万历十七年（1589年）春修建一座呈八角形的陵墓，供后人纪念。

整个海瑞墓园呈长方形，墓门朝南，前面是一片金黄色的稻田，后临茫茫南海。墓园门口左边还有一口终年不干的“海瑞泉”，泉水甘洌，口感醇厚。相传，这口泉是海瑞少年时发现的。300多年来，滨涯村的群众一直饮用这泉水。“海瑞泉”三个大字是清代一位叫盛世昌的州官所写。

墓园门口有一座高耸的石牌坊，坊上横题“粤东正气”四个大字。字为粉红色，格外醒目。一条宽阔的石铺墓道，分为三段，每段升高三级，各自成一平台。两旁植满挺拔的柳树，排列着石狮、石马、石羊、石龟、石人等。这些姿态不一的石雕上，都刻有对联。其中刻在一石龟上的对联格外引人注目："孰曰公无子，天下之人皆公子；孰曰公无孙，天下之人皆公孙。"据说海瑞无子息，石龟上的这副对联，表明了历代百姓对海瑞的敬仰和爱戴。坐落在墓庭中间的坟墓用花岗石砌成，每面都嵌有不同花纹的石刻。墓前竖立的石碑有3米高，上面刻着"皇明敕葬，资善大夫南京都察院右佥都御史赠太子少保谥忠介海公之墓"。那个特殊年代砸海瑞墓时，墓地遭到严重破坏，唯独这块墓碑为附近村民所藏，直到1993年广东省政府拨专款重新修建时，墓碑才归于原位。

海瑞是我国历史上有名的清官。他虽然是封建社会的官吏，但与那些欺压百姓的官老爷截然不同。他做了高官，"所御衾帱皆白布，萧然不啻为寒生"。他死后，佥都御史王用汲检查他的行囊，仅有俸金八两，葛布一端，旧衣服数件。真是"萧条棺外无余物"。海瑞的棺椁从南京城送出长江时，白衣白冠的相送者夹岸，哭而奠者，百里不绝，且家家绘像祭之。

如今，海瑞墓已成为海口市的游览景点，前来瞻仰的人成千上万。海瑞为官廉洁，公正无私，他积极疏通河流，打击海寇。他为民做主的浩然正气，永远放射出耀眼的光辉。

功垂寰宇　恩泽神州

——拜谒炎帝陵

从湖南炎陵县往西17公里处，有一个叫鹿原陂的地方。这里群山环抱，山清水秀。中华民族的伟大祖先之一炎帝神农氏的寝地，就掩藏在这一片青山绿水之中。

在一个秋日的上午，我们一行在炎陵县一位朋友的陪同下，特意驱车前往拜谒炎帝陵。我们在洣水河边下了车，穿过夹岸的樟柏，炎帝陵的雄姿便展现眼前：红墙碧瓦，围着一座四进的仿古宫殿建筑，梯级的墓区建有雕梁画栋的古亭阁多座，整个建筑气势恢宏，庄严高雅。

陵园地处有名的罗霄山脉南段，占地约2平方公里，前临清澈见底的洣水，后枕如雕如黛的青山。站在陵殿前目视前方，视野开阔，田园纵横，洣水在金色的阳光下闪耀着粼粼波光。园内古木参天，绿荫如盖。殿后新辟的御碑园、天使行馆、味草亭、石龙鼓等古迹景点，令游人流连忘返。

过午门，步入神农大殿，如入龙宫，殿内墙壁四处彩绘有形态各异的神龙，可谓万龙飞舞，气势非凡，衬托出先祖炎帝的神威。一座大理石炎帝雕像矗立中央，雕像内涵厚重，形状与史籍中的描写十分神似：突兀的眉棱，宽厚的嘴唇，浓密的发须，仁慈含笑的眼睛，眺望着前方广阔无边的原野。两旁悬有“名垂宇宙，恩泽神州”的对联。我们站在雕塑前，深深地鞠躬谢恩，然后各自点燃几炷香，插在神龛上，面对着袅袅青烟，一股浓浓的追根谒祖的情思把我牵引到了远古时代。

炎帝，号神农氏，为远古时代姜姓部落的首领，是中华民族的始祖之一，同时也是一位治国有道、安民有方的杰出帝王，他原居甘肃姜水流域，后向东北发展到中原地区。曾与黄帝战于阪泉（今河北涿鹿县东南），被打败。又据史籍记载：黄帝族、炎帝族和九黎族为当时的三个部落，炎黄两族联合打败了九黎族，以后两族合并，相互融合，逐步形成了以黄帝轩辕氏为主的国家。从此，炎黄两大族系逐步融合为华夏一族，为中华民族的诞生支立起主体。

后来，炎帝神农氏率领姜姓部落南迁至湖北、湖南等地。他和他的玄孙祝融共同治理着南方。他发明制作了耒耜，教会百姓用农具深耕田地，播种五谷，故人们尊称他为神农；他和祝融发明了钻木取火，教人们用火治百害，于是人们又称他为炎帝。炎帝是农业之神，也是医药之神，为了给人治病，他遍尝百草，教民医药。流传至今的《神农本草经》中就有400多种经他发现对治病具有很高药效的植物的花果根皮。他也成为开创中华民族早期农耕文化的始祖。

炎帝陵，是一座具有悠久历史和丰富文化内涵的陵园。千百年来，官吏商贾、文人骚客，多有纂志书史，泼墨挥毫，赋诗题词；而民间百姓，则以村俗民风、故事传闻，留下许多炎帝和炎帝陵的珍贵资料。又据《帝王世纪》和《路史》载，炎帝晚年巡游天下，为民治病，经常驾一叶扁舟，从长江出入洞庭，他上溯湘江，采药来到衡山下，日遇七十毒而不辍，终因误尝断肠草而“崩葬于长沙茶乡之尾”。墓在茶陵县南100里康乐乡白鹿原，即今株洲市炎陵县鹿原陂。为纪念始祖，西汉建炎帝陵，始有奉祭，公元967年，宋太祖赵匡胤在今鹿原陂立庙建殿，肖像而祀。从此以后，炎帝陵被历代王朝及政府列为祭祖圣地，民间祭祀延续至今。

随着历史兴衰，炎帝陵也历尽沧桑，多次被焚毁，屡毁屡兴，才形成如今规模宏大的建筑群，现在的陵殿是1988年重新修复的，陵园内除了有新辟的御碑园、天使行馆、味草亭、咏丰亭、洗药池等圣迹外，还重建了富有色彩的“炎陵十景”等景点供游人观赏，园已融自然景观和人文景观于一体，相映生辉。1994年4月5日，国务院批准炎帝陵所在酃县更名为炎陵县；1996年11月，国务院公布炎帝陵为全国重点文物保护单位。2000年10月28日，国家邮政局特意发行了一套“炎帝陵”特种邮票。

今日炎帝陵已成为海内外亿万炎黄子孙景仰的圣地。

心醉大南山

从湘西南城步县城去南山有83公里的路程。前39公里为一条通往广西的柏油国道，路面宽阔，从汀坪分道，后44公里是一条通往南山的山顶之路，路窄弯多，如一条银灰色的带子蜿蜒伸展。

沿公路向山顶爬升，只见秋日金黄的野菊花爬满绿意横生的草坂。向后望去，一个个山峦被我们抛到了后边，汽车越往前进，弯越急，路越险。坐在车里的我们东一扭，西一摆，失去了“自我”。此刻，我们如同坐在飞机里，山下的村庄、梯田成了一道微缩的景观，一个个山峦就像摆在南山脚下的绿面包。车行半山，云雾遮住天之一角，蓝天消失了。汽车喘息着，不得不加大油门，将云雾努力抛在后面。蓦地，又有厚实的云团向我们压来，仿佛要把车和人挤成粉末，我们的心几乎停止跳动，呼吸困难。外面一片昏暗。车子咆哮着，奋力冲出这厚厚的云雾区，淡淡的阳光重新照着车窗。这时，一座大大的石碑矗立路旁，哦，我们来到了“老山界”。当年的红军战士就是从这里爬上老山界，翻过大南山北上抗日的。1956年3月，团省委组织长沙、邵阳两地的950多名青年上南山开荒种田办农场，也是从这里踏着荆棘，在这荒无人烟的原始次生林中风餐露宿，安营扎寨，步上南山的。来到这样一个具有革命传统和历史教育意义的地方，不用提醒，大家便纷纷走下车来，在陆定一题写的“老山界”三个大字的石碑前拍照留念。不一会儿，汽车终于登上了南山顶，极目四望：真是一片绿色的海洋啊！

此时，正逢夕阳西坠，美丽的晚霞亲吻着这无边的绿地，一个个绿色的小山包如同此起彼伏的浪头，一团团白色的绵羊，一队队黑白相间的奶牛正在尽情地吮吸着这绿色乳汁……

绿色的海洋里，耸立着一座现代化的乳制品厂，一座1000千瓦的发电厂正在日夜不停地运行着；一座座垒起的麻石屋，如同一座气派、整齐的军营；呵呵，还有那引人注目的蒙古包，更是令人心向往之……

在城步县南山牧场拍照留念

这里就是城步南山牧场。

这里就是当年红军曾经留下过足迹，留下豪言壮语的地方。

在南山宾馆豪华的餐厅里，牧场杨副场长亲自为我们接风洗尘。我们毫不客气，尽情地喝着清香可口的南山牛奶汁，饮着南山神泉酿出的芬芳美酒，啃着味香酥烂的羊肉，吃着甘甜味美的鲜菇，嚼着刚从加工厂拿出的新鲜牛肉干，那个味，那个美，又怎么能够用语言来表达？

杨副场长自豪地告诉我们："改革开放三十年来，南山发生了翻天覆地的变化，昔日的荒山野岭，变成了'风吹草低见牛羊'的美景。如今，我们拥有了两大生产加工基地、三条乳品生产线和三条液态奶生产线，年加工奶粉达7万吨，并建成了处于国内先进水平的现代科技园，拥有中国南方最大的乳制品研究中心。这里不仅有乳品厂、矿泉水厂、发电厂，而且还建起了饲料加工厂、包装厂、塑料厂、羊毛加工厂、肉类加工厂，实行产、供、销一体化，从根本上解决了畜牧业自身发展的问题，加速了向市场经济的转化。过去，全场产值不足100万元，党的十一届三中全会以后，改革开放的春风为南山牧场的发展注入了新鲜的活力，南山进入了一个快速全面发展的黄金时代，产值步步递增，2007年，全场产值突破15亿元大关，当地及周边奶农人均收入由1995年的405元上升到2007年的3000元，成为湖南偏远落后山区开发式扶贫的一个成功典范。"

现在，南山已成为湖南省旅游名胜风景区，它与广西桂林、龙胜结成旅游网络，成为集观光、避暑、休闲、购置绿色食品为一体的旅游区。

夜间，我们情不自禁地走出南山宾馆，在草地溪间漫步，溪流的声息将夜点缀得更加寂静深沉，南山似乎全被笼罩在这旷野的黑纱里，它散发出的充盈山野的清香、奶香，是如此沁人心脾，我们的心胸从来没有像现在这样干净开朗、灵性飞扬。人们在喧闹迷茫的都市不可能有这般的感受。

翌晨，天刚亮，打开窗户，又是一片令人喜悦的蓝天。吃过早饭，我们登上了海拔1850米的紫阳峰。正是旭日东升时，南山如同美人揭开面纱，风光尽收眼底：远处绿草如茵，宽阔无垠的绿地上，绵羊群像朵朵白云在蓝天下飘动，奶牛群则如颗颗繁星在夜空里闪烁……真是“风吹草低见牛羊”，好一个南方的“呼伦贝尔”啊！登山者此刻个个高兴得手舞足蹈起来，拿起相机咔嚓咔嚓地拍个不停，似乎要把整个南山一幅幅美丽的图画全都拍进去似的。我们躺在草地上，呼吸着带甜味儿的新鲜空气，喝着甘美的南山神泉，欣赏着一幅幅图画般的风景，我心都醉了！

魏源故居纪行

参观魏源故居，我早已心驰神往。

一个阳光灿烂的日子，我们一行15人，分驾两辆车，浩浩荡荡出发了。出邵阳城向西，沿沪昆高速经周旺铺，过隆回县城，汽车便开始颠簸起来，但一路山光水色，使人迷醉。从县城到魏源故居有65公里路程，汽车行驶不到一个半小时，就到了司门前镇。这时已近中午，我们只得先下榻于魏源温泉度假村。吃过午饭，在度假村两位老总的提议下，先到被誉名为中国富硒之都的魏源温泉泡澡。走进洗浴中心，泡澡大厅空间是那么的高大和宽敞，两个大大的澡池里，温泉高高喷洒着水花。池边卵石铺面，溢出的温泉水正从沟内流去。大家纷纷走进浴池。池内水深1.4米，水温42.5℃，我仰躺在那泉眼处，被喷涌而出的温泉冲洗着后背，真是舒服至极！这一泡，就泡得忘了时间，走出洗浴中心，已是下午5时。好在从这里到魏源故居也就只有两公里路程。走在这条通往魏源故居的路上，让我难以理解和接受的是：这个早在1996年就被定为全国重点文物保护单位，湖南省第一批爱国主义教育基地的圣地，今天仍然还是一条尘土飞扬的乡间公路。我想，作为隆回当地经济最为活跃，据说1995年以前财政收入就达到了170多万元的富裕乡镇，把这两公里的路面用水泥硬化并不是一件很难的事啊！

下得车来，魏源故居的槽门已经关闭。好在故居工作人员是当地人，陪同我们前来的魏源宾馆刘经理轻车熟路地正在帮我们联系。于是，我们利用这一空当，欣赏故居四周的风景。

此地为一个形似葫芦的盆地，中间田地平坦，四周树木扶疏，有似人间仙境。故居就坐落在这条名叫金水河上游的沙洲上。这个沙洲形状像架床，隔远看犹如一叶小舟。院前一条小溪从田垄中穿过，宛如一条护城河，院后，清澈的金水河不舍昼夜地流过这片原来盛产黄金的金潭，然后转一个弯，缓缓地注入辰水。这刚好印证了槽门两旁悬挂的魏源写的那一副对联："沙洲回碧水，朗月照金潭。"

据刘经理介绍，这块钟灵毓秀的风水宝地，南北长约5公里，东西宽约3公里，居住了10000多个魏氏后裔；在这附近5公里范围内有"狮象把水门"等24个景点和一批独具民族特色的古建筑群。值得一提的是，曾任清代陕甘、云贵、两江、闽浙总督、南洋大臣、盐政大臣兼总理各国事务大臣的魏光焘故居也在此地，北距魏源故居仅1.5公里。

不一会儿，故居的工作人员来开了门。我站在写有"魏源故居"四个金色大字的槽门外匾额下照了相，跟着大家鱼贯而入。

故居为一座典型清代民居，建于清嘉庆年间，坐西朝东，占地约2300平方米，长方形四合院，黄土夹卵石的围墙，青瓦木槽门及二正三横的纯木结构住房。院内四周栽种着桃、梅、杏、竹、芭蕉、桂花、茶花、紫罗兰等花木，生机勃勃。

正屋呈两排，前排正屋有堂室、侧房、过厅、卧室、厨房等房间。故居遗物不多，看上去简单朴拙，可走进去，就像走进一个博大精深的文化思想宝库。门口厅柱上悬挂着一副古色古香的牌匾对联，引人驻足凝视："功名待寄凌烟阁，忧乐常存报国心"，这不禁使我想起了范仲淹写的那首脍炙人口的名篇："先天下之忧而忧，后天下之乐而乐。"大概世间总是"忧"与"乐"交织着。自古以来，为天下事先忧后乐的不乏其人，他们"先天下之忧而忧，后天下之乐而乐"的精神，那种忧国爱民的襟怀被千古传颂。

听说魏源祖辈建有一座"望烟阁"，每天早炊去阁楼一望，发现哪家不冒烟了，马上送粮去救济。因而，周围百姓又叫它"观音阁"。魏源受其祖辈乐善好施的影响，十分关心民众疾苦，为官每到一处，都要贴些对联表达自己的态度。据说在江苏兴化任县令时，其正堂联曰："安得民情常达，唯恐己过不闻。"厅柱联曰："民不可欺，常忧获戾于百姓；官非易做，唯愿推恩到万家。"他在兴化抗洪、筑堤、立碑等许多动人的故事，至今还在百姓中流传。

前排正室的堂屋内立着魏源塑像。塑像承载着厚重的文化内涵，那目光如炬，昂首远望的姿态，那单薄羸弱的身姿，表现了魏源这位"睁眼看世界"的先驱，饱经风霜的一生，把他忧国忧民的博大情怀抒发得淋漓尽致。面对魏源塑像，大家不觉肃然起敬。

故居建筑虽不高，但室内干燥通风，门、梁、柱、木竟无霉变之类的痕迹。房间众多但很小，尤其是卧室，除了摆放一张床和书桌外，几乎就没有多大空间。但是，沿着木梯而上，木栏杆的长形走廊却显得悠长而宽敞。右侧楼上宽大的讲堂，就像一个小小的会议室，一排排厚厚的桌凳摆放整齐，只是人去楼空。我不禁坐了下来，想感受一下魏源当时在此听塾师上课的情景。从宽大的课堂和一排排厚厚的桌凳中，我是能够感觉到这里的课堂，不仅是魏源一个人独享的，想必爱行善的魏源父辈，一定也把附近乡邻的孩子集中在此接受知识传播。

隔壁为魏源的书房、住室及塾师卧室。魏源在这栋楼上度过了他的童年和少年时期。他整天在这楼上读书，很少下楼。据说连自家的狗都对他生疏，偶尔一下楼，家犬就对着他汪汪吠叫，把他当作生人。一天，正值端午，家人给魏源送上去几只粽子，一碟白砂糖。过了一会儿，家人收拾碗碟时，只见他满嘴黑墨。原来他看书入了神，错把墨汁当砂糖蘸粽子吃了。可见魏源读书的专心专注，到了废寝忘食的地步。

站在楼上，轻轻打开已紧闭的厚厚木制窗户，遥望着金潭南面群山峻岭中矗立的形似笔架的三座山峰，我感觉到了这风水宝地的福气灵光。据说，金潭的中段，紧挨着的南北两座小山突然被隔开，把盆地分为上下两个魏家段。两山之间有条金水河，河西那座小山活像一尊屈腿昂首的雄狮，河东那座则像一头伸鼻趴伏的大象，狮山如奔，象山如扑，这就是金潭有名的胜迹“狮象把水口”。正是这狮像护卫金潭，把守水口，才留住了此地的福气灵光，才使这里人才蔚起，上下两个魏家段竟产生了魏源和魏光焘这“文武二魏”。

其实，我想，对魏源这样一个中国近代著名的爱国主义思想家、史学家和文学家，仅用一个“文”字来概括他还是远远不够的。他可谓是文韬武略兼备，才高德厚，只是仕途不顺，年过五十才得进士，官至高邮知州，他主张经世致用，在当时就与龚自珍齐名。鸦片战争中，他参加过浙东抗英战役。一生中，他留下了《圣武记》《海国图志》等50余种、800多万字的传世著作，包括了政治、经济、军事、哲学、历史、地理、文化、教育、外交和近代自然科学等方面的内容。特别是他以林则徐主持编译的《四洲志》为基础，受历代史志的启发，撰成《海国图志》，提出改革吏治、广开言路、吸引外资、振兴工业、提拔人才、开启民智、严禁鸦片和增强国防等一系列救世治国之道，是“睁眼看世界”的第一人。他的“师夷长技以制夷”的主张，不仅在中国而且在世界上产生了深远的影响，日本学者称：“没有魏源的《海国图志》，就没有日本的明治维新。”然而，他的济世泽民、拯救国家危亡的思想，未被当时统治者所采纳，连日本人盐谷世弘也为之义愤：“……呜呼！忠智之士，忧国著书，其君不用，反而资之他邦，吾固不独为默深悲，抑且为清主悲也乎！”

走着看着想着，不觉走到故居楼下的右侧，这里已辟为魏源生平陈列室。室内有些昏暗，虽置有灯光，只因时间关系，不能一一细看了。

走出故居，回望这座饱经沧桑的宅院，凝想这位智者一生以天下为己任、忧国忧民的思想苦旅，一种虔诚的敬仰和历史的伤感油然而生。这时，毛茸茸的夕阳把余晖均匀地涂抹在故居周围，槽门匾额下“魏源故居”四个金色的大字在夕阳下熠熠生辉。

夹山觅古寺

夹山寺乃湘北著名的旅游胜地，耸立在石门县城东南15公里处的鸾凤山，现为全国重点文物保护单位。传闻这里曾是明末农民起义领袖李自成禅隐圆寂之地。

夹山寺，两山相夹，因地貌而得名。

我们沿着曲径小路而上，便见这里峡谷幽长，林茂径深。两旁是陡峭的青山，翠屏绿嶂，一条小溪从林茂深处潺潺流去……山坡上一簇簇颜色各异的野花，引得蝴蝶翩翩起舞，耳畔不时传来鸟类啁啾欢唱，阵阵清风送爽，犹如仙苑一般。

一进山门，举目仰望，古朴挺秀的夹山寺雄峙鸾凤山之上，气势恢宏，附近楼台殿阁，纷然杂列。登上山顶的亭子，凭栏纵目，风光胜迹，尽收眼底：九曲桥清波荡漾，石桥倒影；闯王陵气势磅礴，风格别异；夹山牌坊高大宏伟，引人注目。山门右侧，碧崖耸立，崖下珍泉翻涌深不见底。一条从峡谷伸出的溪水，依山傍垅，从寺院前流过，鱼翔浅底，清晰可见。四周的古樟、古枫遮天蔽日，苍劲挺拔。置身其中，令人赏心悦目，心旷神怡。

夹山寺是“灵泉禅院”的俗称，始建于唐懿宗咸通十一年（870年），唐代称普慈寺，宋代改为灵泉禅院至今，历经了唐、宋、元三朝“敕修”，故有“三朝御修”的盛名。

夹山寺历史上极其辉煌，自古就有“楚南名刹”之美称，为湘北地区规模最大的著名古刹。清朝许湄在《游夹山灵泉寺记》中这样写道：“寺南清池，广二亩许，澄波洒然，入山门，登大雄宝殿，考之碑碣，知创于唐……遂登大悲殿，层次而上，至方丈池，过涌花亭，不啻司马空图白鹤观之游，令人心地清凉。”至今，在夹山灵禅院的功德碑上有如此记载：“楚南之夹山，星沙之沩山，武陵之德山，相为鼎峙者也。”

到明末清初，禅院损毁近乎废墟。幸经奉天玉大和尚来这里做住持，禅隐该寺30年，率领弟子大兴土木，禅关重启。尔后，又年久失修，破损不堪。现经近几年大规模的重修，已基本恢复原貌。

近年来，奉天玉和尚是著名农民运动领袖李自成的说法，又给神话般的夹山寺增添了几分神秘感。300多年来，李自成究竟是死于九宫山，还是归隐于夹山寺，一直是史学界悬而未决的问题。1996年3月，由中国明史学会会长刘重日教授和史学界的专家、学者组成的60余人会集石门，召开李自成归宿问题学术研究成果评议鉴定会。与会专家学者，对李自成禅隐和终老夹山的文物史料进行认真的分析、考证和鉴定，一致认为李自成禅隐夹山是可信的，从而确定了“夹山说”的地位。

夹山说的主要依据有几乎与闯王禅隐同步产生的史料记载，如《夹山记》《张琮伯见闻录》《书李自成后传》《李自成遗诗存录》等，这些文献、史料虽然不多，但时序、脉络清晰，自成一体，极少自相矛盾的地方，具有很强的说服力，是颇具价值的史料。同时，从夹山寺附近挖掘、发现的数十件文物，如奉天玉墓、奉天玉诏、西安王马铃、龟形数印等也提供了佐证。还有当地人民代代相传的传说故事，也为“夹山说”提供了很有意义的说明。

据史料记载：李自成从九江斜走瑞州，亲率13万兵，由万人载入湖南。南明猝闻平江、浏阳间有贼野掠，俄顷披靡，方知遇大敌。几经疏通，李自成让妻子高氏与侄子李过出面，进行军降。自己即随10余骑走牯牛霸（今临澧县），复弃骑去，独窜石门的夹山寺为僧。军降后的李过仍屯兵公安、江陵间，连营百里，与南明联合抗清。

李自成遁入空门，与其幼年做过4年和尚不无关系。据说，二番出家后，他一反和尚信佛不奉天之规，号“奉天玉”以示其遁入空门心未空，经他修建后的九重庙宇，形成骑马关山门的恢宏格局。寺庙底下深邃曲折，地宫密布，兵库刀枪林立，并可出入骑兵。他整修了相邻的洛浦寺与五雷山道观，形成鼎足之势。在夹山寺墙壁里发现的《梅花百韵》残板上的一首残诗中也有：“金鞭玉镫马如龙，徐听三公论政猷”“捣碎乾坤惊日月，踏翻宇宙走雷霆”之句，足见其帝王之气未泯。但令人遗憾的是，李自成禅隐夹山30年中，尽管绞尽脑汁，也未能解开他的兵败之谜。禅虽完善了他的人格，使他跻身高僧之列，却无法让他重现一代天骄的风姿。

光争日月　风范长存

——拜谒汨罗屈子祠

端午节前夕，笔者怀着对伟大爱国诗人屈原的深切怀念，特意前往湘北汨罗江畔的玉笥山，拜谒了屈子祠。

从汨罗市北行15公里，渡过汨罗江，就到了玉笥山。相传，屈原在第二次被放逐期间，辗转来到汨罗江，在江畔的玉笥山居住了3年。公元前278年，楚国的都城郢被秦攻破，屈原感到救国无望，在极度苦闷、绝望的情况下，于农历五月初五在汨罗江下游的河泊潭怀沙自沉。后人为了纪念这位忠诚、正直的爱国者，在江边修建庙宇，常年祭祀。据《拾遗记》记载："楚人为之立祠，汉末犹存。"可见，历代对屈原庙都进行过修葺或重建。到1756年，当地知县见屈原庙临江而建，常年被江水侵蚀，便将庙移建于江畔玉笥山上，这就是现存的屈子祠。虽历经沧桑，但屈子祠千古不衰，前来游览、拜谒的人络绎不绝。

如今，玉笥山上古木参天，一片葱茏，清静幽雅。一条花岗石铺成的石阶，在绿树掩映下从山脚逶迤向上延伸。沿石阶而上，往前再走100米，屈子祠便耸立在眼前。站在祠门外的梧桐树下，仰望屈子祠，正面是一堵高墙，开着三扇大门，看上去像一个巨大的牌坊。墙檐覆盖着绿色的琉璃瓦，墙的上方正中嵌有玉龙捧圣匾额，上书“屈子祠”三个苍劲大字。墙檐下是10多幅酷似汉白玉雕像的泥塑人像，表现了屈原在汨罗江畔的生活情景。

从正门进入宽敞的大厅，厅的后墙立着一幅3米多高的大型木刻，上面刻着司马迁写的《屈原列传》，字体潇洒，刻工精细，实为艺术精品。横梁上悬挂着一块“光争日月”的金字横匾，在阳光照耀下，熠熠生辉。从侧面往里走，是青石铺成的天井。天井上方为殿堂，其中挂着一副金字楹联：“哀郢失孤忠，三百篇中，独宗变雅开新格；怀沙沉此地，两千年后，唯有滩声似旧时。”殿堂中供着屈原的牌位。前来游览、瞻仰的人们，怀着对屈原崇高的爱戴和深深的敬意，纷纷驻足凝视，低头鞠躬致意。后殿里立着一尊屈原的巨型镀金塑像，是1980年国家拨专款重修屈子祠时塑造的。塑像逼真地刻画了屈原被流放汨罗江时的精神状况，再现了2000多年前这位形容憔悴、忧心如焚的伟大诗人当时的心境，在塑像的两边挂着郭沫若拟就，于立群书写的对联：“集芙蓉以为裳，又树蕙之百亩；帅云霓而来御，将往观乎四方。”

在玉笥山上，还有独醒亭、骚坛、濯缨桥等“玉笥八景”，这些都是与屈原有关的古迹。其中，玉笥山后的骚坛，相传为屈原写作《离骚》的地方，现建有一座四角形的凉亭，亭中立有一块巨大的青石碑，上刻那首举世闻名的，长达373句，已被译成许多国家文字的《离骚》全文。一些游人坐在亭内的石墩上，有的在抄着，有的在品味着、吟诵着：“长太息以掩涕兮，哀民生之多艰！”看到这些，不禁使人想起当地流传的一个故事：一天夜晚，屈原独自一人在灯下吟诵《离骚》，忽听窗外有哭声，屈原推门一看，见是一群披头散发的鬼。屈原问鬼，为何事而伤心哭泣？鬼答：“听你读《离骚》，被你那对国家和人民无限热爱的赤诚之心所感动，不觉哭了起来。”这故事虽然荒诞，但可见屈原辞赋的巨大魅力和在人民群众中的深远影响。唐朝诗人李白曾写诗赞道：“屈平辞赋悬日月，楚王台榭空山丘。”

屈原不仅是我国伟大的爱国诗人，也是世界文化名人之一。我国人民纪念他，世界人民也在纪念他。1979年4月，叶剑英在游览武汉东湖后曾题诗对屈原做了崇高的评价：“泽畔行吟放屈原，为伊太息有婵娟。行廉志洁泥无滓，一读骚经一肃然。”

龙虎山览胜

龙虎山是国家级风景名胜区，这里山川绮丽，风光如画，素有“神仙都会”“洞天福地”之誉。相传，东汉中叶，道教创始人张道陵，在此炼丹传道，其教派在龙虎山承袭了63代，历经1800多年，师道远播海外，号称“南国第一家”。

源远流长的道教文化，独具特色的碧水丹崖，历史久、规模大、文物多的崖墓群，构成了龙虎山自然景观的“三绝”。

谒嗣汉天师府

为领略龙虎山博大精深的道教文化，我们一行数人率先来到上清宫景区。上清宫建于东汉，是龙虎山最大的道观，也是我国最古老、规模最大的道观之一。上清宫以三清殿和玉皇殿为中心，分八门四方，为周天、八卦、青龙、白虎、朱雀、玄武之象征。嗣汉天师府规模宏大，占地约3万平方米，历史上赐号为“宰相家”“太真人府”。明代的大部分建筑已毁，现存的建筑多是清代乾隆、同治年间重修的。建筑整体布局呈八卦形，展现出独特的道教建筑风格。院内环境恬静，古樟葱郁。在20余株800多年树龄的古樟下，置放着一尊元至正十一年（1351年）铸造的重9000斤的铜钟，一旁是刻有元代大书法家赵孟頫手书的大石碑。府前，一对雕刻精细的白石麒麟，栩栩如生。门头红色的檐柱上刻有一副对联，“麒麟殿上神仙客，龙虎山中宰相家”，黑底白字，引人注目。府分三厅、三院、八室。前厅内悬挂字画，陈列文物，中厅的天师殿上悬挂张道陵画像，内厅则系天师住房。前后厅的栋梁窗棂上，雕刻着古代的神话故事、戏剧人物、飞禽走兽，无一不透示出浓浓的道教文化氛围。

探崖墓悬棺

龙虎山仙水岩墓葬，距今已有2600年的历史，为春秋战国时期古越人的岩墓葬，中国崖墓葬的发祥地，堪称中国之最、世界一绝，被人誉为天然考古博物馆。游人顺泸溪河泛舟而下，便可观赏到这一天下奇观。

仙水岩崖墓葬棺木大都用巨大的整段楠木制成，大小不一，形态各异：有可葬10余人的巨大“船棺”，有造型如古屋的“屋脊棺”，有以独木桥制造的圆筒形的“圆棺”，还有常见的“方棺”。为了全面系统地考察龙虎山仙水岩崖墓群，1979年，江西省考古队，装塔，铺板，进入墓里，共清理了18座崖墓，发掘了棺木37具，较完好的人骨架16副。出土了陶器、骨器、玉器、竹木器、纺织器、乐器等220件。发掘出的这些器物没有文字或文字符号的痕迹，经考证，这些都为春秋战国时期的文物。

这里的岩石发育是距今12000多亿年的晚白垩世到8000多万年的第三纪

的暗红色岩，山崖高50~500米不等，为典型的丹霞地貌。由于造山运动、褶皱断裂、水侵蚀、风化、重力崩塌等多种自然条件的综合作用，形成了大小不一的众多洞穴，这些洞穴一般离地10~60米之间，成为放置崖棺最理想的地方。但令人困惑的是，在当时的条件下，棺木是怎样放置进洞穴的，特别是有的放置在高达300米以上的悬崖峭壁之上，千百年来都是一个谜。为解开这个谜，1989年，由国内外考古专家组成的“中国悬棺研究”课题组，全面系统地对“悬棺”进行了科学研究和验证。一致认为，在当时的条件下，人们只能利用木制绞车吊装。同年6月13日，课题组在悬棺现场，采用仿古工具，聘请掌握传统技艺的当地药农成功地进行了模拟试吊，一举揭开了这千古之谜，产生了很大的社会影响，成为文化史上一项重大成果。现在仙水岩景区，游人就能看到仿古吊装“悬棺”的表演。

揽丹崖碧水胜境

龙虎山风景名胜区地跨余江、贵溪两县，面积约200平方公里，属武夷山余脉，山分两支，环抱如一龙一虎，故名龙虎山，此山两峰突兀：左峰挺拔耸峙，如昂首而立的猛虎；右峰蜿蜒蜷曲，如蟠绕而卧的苍龙，为典型的丹霞地貌特征。“不是漓江胜似漓江”的泸溪河，有九九八十一道湾，长达20公里，把龙虎山的99峰、24岩、108个人文景观、20多处碧井丹池和流泉飞瀑像用银链穿了起来。泛舟而下，只见两岸奇峰秀出，丹崖连绵；翠竹成带，板栗成林。至今依旧可欣赏云起雾涌的景色，那秀美的溪水，那奇异的石头，那高悬的瀑布，那一如绿海的植被，使人仿佛置身于缥缈的仙境。想起宋朝诗人陆九渊的诗："山西有龙虎，烟雾耿相望。寒清漾微波，暖翠团层嶂。"

仙水岩是龙虎山风景区最集中的地方。这里除了崖墓群景观之外，还有海内外闻名的十大美景（当地叫"十不得"），名岩24座。"三教岩"犹如三人伫立水池，"观水岩"如一人俯视上清河景区。明人朱维就有《游仙岩》诗："岩有千年骨，梯悬万仞船。夜门仙乐动，缥缈五云边。"

黄山归来不看岳

黄山是举世闻名的风景区，大自然的骄子。她横空出世于高天厚土之间，劈地摩天于徽州腹地，是造化赋予华夏子孙的大块文章，是世界自然和

黄山之巅拍照留念

文化遗产的精髓。

这样的名山、名景，我多么想一睹它的风姿！

一个偶然的机会，笔者应邀参加某大型笔会，终于有幸目睹了黄山秀冠五岳的绚丽风光。

游黄山，自古以来就有南、东、北、西 4 条路线。我们选择西线，从徽州区出发，经汤口至黄山大门，直奔云谷寺，稍事休息，在云谷寺坐上空中缆车，不一会儿，终于到达了黄山的主要景区——北海。

北海景区是黄山景区的腹地，精华集中，奇景荟萃：始信峰、狮子峰、清凉台、猴子观海、仙人背宝、十八罗汉朝南海……简直叫人目不暇接。更令人惊叹的是景区内随处可见的奇松、巧夺天工的怪石和丰富的树种植被，我不由得独自走入高山树丛中，享受片刻的宁静。

不一会儿，登上始信峰，伫立峰巅，饱览群峰秀色，领略峡谷之险，惊叹云海之美，看脚下云雾缭绕，听耳畔松涛鸣响，观身旁树木葱茏，仿佛置身世外仙境之中。

这时，我惊奇地发现，一名黄山环卫工人竟冒着危险，放绳到悬崖下捡拾垃圾。导游告诉我们，这样做，就是为了更好地保护环境，使黄山这个列入"世界自然与文化遗产"的宝地不受任何人为污染的破坏。难怪，黄山每天接待的游客这么多，但景区内仍很清洁。见我们啧啧称赞，导游继续介绍：黄山风景区面积154平方公里，景区内登山道路70余公里、石阶 6 万级，保洁面积4万平方米，日产垃圾12.5吨左右。面对如此大的保洁面和垃圾量，有人曾预言黄山在72峰之外，迟早要出现一座由垃圾堆成的"第73峰"。然而，游客量日增的黄山始终没有让这座垃圾山峰出现。这得归功于黄山严格有效的环境保护管理和"清道夫"们每天辛勤地劳作。曾任联合国秘书长的安南在畅游黄山时，曾发出如此赞叹：“中国让我惊奇的事情太多了，黄山的生态和环境保护更让我惊奇！”

良好的生态环境孕育出黄山的瑰丽和神奇。站在始信峰上欣赏黄山云海，真是一种美的享受。

黄山的云瞬息万变。天风荡荡，白茫茫的云烟在奇峰阔谷、莽莽丛林之间，上下涌动回旋，给崇山峻岭披上白色的衾绸。山风乍起，排空而来的银涛汹涌翻卷，呼啸奔腾，拍打着绝壁悬崖，撞击着寥廓苍穹，“浪花”飞溅，激荡有声，群峰成了云海中的岛屿。人立峰巅，脚下白浪奔涌，如身在一叶扁舟，凌虚于海云之间。有时，风向急变，云从风转，如黛的山体又狰然横亘于眼前，气势逼人。当霞光高照，浸染于万道霞光之中的云海，翻滚着五彩的波浪，闪烁着耀眼的光辉。

“峰恃云变幻，峰云相依倚。”黄山的奇峰、怪石依赖于喜怒无常、瞬息万变的云雾的烘托，才显得扑朔迷离，怪石愈怪，奇峰更奇。云海不仅本身是一种独特的自然景观，还给巍峨秀丽的山峰增添了诱人的艺术魅力。我想，这大概就是黄山被古今游人盛赞不衰的原因之一吧！

始信峰又是黄山松的世界。悬崖绝壁，处处都有黄山松。松生长在峭壁之上，扎根于岩石裂隙之中，勇敢地与险恶环境抗争，从冷酷无情的夹缝中拼挤出生存的希望，不屈不挠，刚毅挺拔。

黄山松引人入胜之处还在于它的千姿百态。因岩石纵横堆叠，不能遂直上之愿，致使其盘屈倒挂，干合枝分：有的亭亭玉立，有的凌空欲飞，有的低仅逾尺，有的大过数围；或立或卧或偃或仰，皆千百年之物，象形指事，竞秀争奇。它们与险峰、怪石、云海交相辉映，使黄山散发出无穷的魅力。黄山松是黄山的象征，只可惜，这些千姿百态的数万棵松树却没有命名。导游说，在黄山风景区内只有“迎客松”“黑虎松”等少数松树拥有名字。

黄山号称的“七十二峰”，则各有各的名称。至于怪石，则不计其数，仅前人留下名称的就不胜枚举。奇峰异石又与云海古松相互媲美，如同一幅幅美丽的山水画卷，令人心驰神往，流连忘返。

远眺群峰，但见怪石镶嵌于重峦叠嶂之中，形态千奇百怪。飞来峰上的“飞来石”，孤耸在飞来峰的平台上，若天外来客；那一根根形态各异的石柱，犹如十八罗汉面朝南海，“罗汉”有高有矮，胖瘦不一，有的突兀峰头，翘首远望，有的擎伞前行，有的蹲于山顶，有的则携杖缓步。还有一些怪石，取其名惟妙惟肖。“猴子观海”，为一石猴伫立峰巅，看苍茫云海；“仙人晒靴”，恰如一只半高筒的胶靴倒放在悬崖上，成年累月晒在那里。其他诸如：“武松打虎”“文王拉车”“仙女弹琴”“梦笔生花”，皆饶有情趣，令人叹为观止。

黄山诸峰之险，闻名遐迩。天都峰，却是黄山的第一险峰。民谚云，“不上天都峰，等于一场空”，可见天都峰的景色非同一般。

导游告诉我们：“为了保护生态和生物多样性，黄山风景区对‘疲劳’景点实行‘轮休制’。而采取这种措施保护旅游景点的，黄山在全国还是首家。从20世纪80年代开始，黄山风景区已经先后对游人相对比较集中的始信峰、丹霞峰、莲花峰和天都峰实行了‘轮休’，每个景点轮休的时间一般都在 3 年以上。你们来得正是时候，天都峰已过了轮休期，不然，你们这次就难得上天都峰观景了。”

我们不禁庆幸，也不得不赞叹黄山人强烈的环保意识。我忽然想起几年前在《中国青年报》看过黄山人视环境如自家饭碗的文章，说的是一位游客游黄山时，买了路边叫卖的小黄瓜解渴充饥，吃完把黄瓜头抛向垃圾箱，没扔中，黄瓜头落在了台阶上。那游客正欲走却被卖主叫住："不能乱丢垃圾！"硬是让他把黄瓜头捡到垃圾箱里才放行。这一幕，自然让游人敬佩。通常，买了你的东西，你赚了钱，自会放人一马，何况小贩又不是景区管理员，未拿那份薪水。可见，黄山人把环境保护看得何等重要！

据说，他们吃过环境污染的亏。1982年，黄山著名风景"梦笔生花"的"笔尖"上长着的一棵盘旋曲折的古松，由青泛黄，松针飘落，呈现萎缩状态。慕名而来的游客，无不驻足叹息。后来查清"笔花松"的病因竟然是游人剧增，景区成了垃圾站，清水断流，致使"笔花松"提早枯死。这次事件让黄山人明白，防治污染、保护生态环境就是保护黄山的生命，也是保住黄山人的经济之源，只有靠他们自己才能保住这如画的家园。

为探险览胜，第二天，我们一行数人各自拄着拐杖来到山脚下。仰望天都峰，只见峰腰云雾缭绕，上山的石道犹如一条白色的绸带，垂直地飘落下来。一阵风吹过，云烟四散，山峰拔地摩天，峻峭雄奇，令人望而生畏，古人称之："飞鸟难落脚，猿猴愁攀登。"但来到此地的游人，没有一个畏缩的。登到天都峰腰，无意间一回头，玉屏峰跃入我的眼帘。玉屏峰是黄山的又一景观，它像一块晶莹的白玉镶嵌在千峰万壑之中。峰后，一块笔直的绝壁，如同一扇巨大的屏风，矗立峰巅。向前走，天都峰对面的耕云峰上出现了两只"小松鼠"，正超着天都，跃跃欲试。"真是鬼斧神工啊！"登山者们纷纷啧啧赞叹。越往前攀登，石阶越陡，山势越险，我们也越来越小心翼翼。快到峰顶时，须经过一段被称为"鲫鱼背"的险径，其宽仅60厘米，一边灰蒙蒙，一边雾腾腾，都是看不见底的万丈深渊。在这里俯视沟壑，顿觉毛骨悚然，惊心动魄。我们紧紧抓住铁索，提心吊胆，努力地向上攀登，约莫一个多时辰，终于登上了天都峰顶，一个个都气喘吁吁。

站在刻有“登峰造极”四个大字的天都峰顶，极目远眺，顿觉精神振奋，心旷神怡，但见云山相接，江河一线，千峰竞秀，怪石峥嵘，云烟起舞，万松叠翠，真乃气象万千，美不胜收。正如明代汪道昆所云：“一峰卓地插中天，独立亭亭山岳莲。老鹤青冥回戌削，孤云翠壁绝攀缘。高标斗牛悬河鼓，俯视儿孙振御筵。瞥见王乔披绿发，相邀帝所听朱弦。”

黄山的景观很多，除了奇峰、怪石、奇松、奇云外，还有泉、湖、瀑、溪、潭，名贵花木、珍禽异兽，日晔、佛光、日出、日落等，它们相互映衬、点缀，使黄山不仅兼有泰山之雄伟、华山之险峻、衡山之烟云、匡庐之飞瀑、峨眉之清凉、雁荡之奇巧，风貌更别具一格，卓然奇绝。难怪明末著名旅行家徐霞客对黄山发出如此感叹：“五岳归来不看山，黄山归来不看岳。”

九华山：浸润在青山绿水间的历史人文

到黄山参加完笔会，几位文友相邀，特地前往九华山旅游。

在九华街上买了一张九华山旅游图，按说明我们由北向南而行，先去祗园禅寺。祗园寺是九华山唯一的宫殿式庙宇，始建于明代，规模宏大，是全国重点寺院。

步入寺内，殿宇嵯峨，气势恢宏，它由山门、天王殿、大雄宝殿、客堂、斋堂、退居寮、方丈室、讲堂和藏经楼等组成，回环曲折，结构精妙。我们沿步行道南行，左边是插霄峰，青山翠绿，使人悦目；右边是两个相连的放生池，水满池，莲满池，给人以清新之感。芙蓉桥东西横卧，桥上车流滚滚，桥下流水潺潺，想到寺门“祗树荣光盈宇宙，园林春色满乾坤”那副楹联，更觉出神入化。

从放生池北面沿石阶而上，就到了金地藏生前居住的化城寺。这也是一座全国重点寺院。寺前高悬赵朴初题写的“九华山历史文物馆”横额，四根石柱上刻有两副名联：“大圣道场同日月，千秋古刹护东西”“华崿峰前香云缥缈，化城寺里花雨缤纷”。

化城寺最早建于唐至德三年（758年），为九华山地藏道场开山祖寺。千余年来，古寺历经兴废，在岁月长河中栉风沐雨，现存四进民居式殿宇。大雄宝殿顶中藻井“九龙盘珠”浮雕为艺术珍品。更为珍贵的是，寺中藏有明代万历皇帝御赐的经书、手书、圣谕。藏经中有一套《血经》，是一个佛教徒用手指血掺朱砂写成。清康熙、乾隆先后三次赐银化城寺，并御书“九华圣境、芬陀普教”。这些九华山的镇山之宝，令人叹为观止。

过化城寺绕山而走，在东崖山麓上面高耸着五层走马通楼式的宫殿——百岁宫。在这里，我们看到了国宝——无暇和尚真身坐像。真身遍体涂金，披层层袈裟，一只手略向外。无暇是明万历年间人，在九华山东岩岭洞内修行102年，活到126岁坐化圆寂。僧侣将其尸体置于陶缸中，用石灰封口，炭火烘烤数十日制成真身坐像，距今已有500多年了。这是江南罕见的木乃伊，而且内脏仍然在他体内。如神光岭肉身殿中，韩国高僧圆寂之后坐缸成肉身菩萨，他的弟子们将肉身抬出缸的时候，关节发出金属般的声音，和佛经上记载的地藏王菩萨非常相似。

这样的肉身殿还有一处，在九华山东侧双溪寺，可惜因时间关系未能往观。令人费解的是，和尚坐化后为何肉身不腐？为何就只有九华山才能如此？看着山下笼罩在云气里的民舍和寺庙，瞬间雾气弥漫开来，人便如堕云雾里。越想越觉得奇怪，常年的阴雨天气居然能够造就肉身菩萨这么奇特的现象，是独特的自然环境使然，还是佛法的灵光显现？

回到镇上，天已擦黑，到处传来木鱼声和《金刚经》的诵唱声。这里的店铺关门比较早，山里人喜欢早睡早起。但是，晚上寺庙里的法事场面很大，悠扬的铃钵鼓磬声在夜空飘扬。

第二天起来，用过早点，又开始了一天的登山旅程。有人说：“不上天台，等于没来。”我们出九华街沿小路上天台，走在青石路上，听着路边小溪水流的汩汩声，心旷神怡。

途中有凤凰松，形若凤凰。其枝干曲折伸展而成凤凰之姿，松针如蒲扇展开分别成凤翅和凤翎，树干顶端一块树皮斑驳巧成凤眼，栩栩如生，双翼微张，犹若腾空欲飞。这株凤凰松已有1400多年的历史，为九华山著名景点之一，观赏留影的游客络绎不绝。九华山的森林覆盖率达75%，生态环境之优美令人赞叹。

从凤凰松景点可遥望峰顶的庙宇“天台寺”。两小时后，我们终于到了天台寺，它又名地藏祥林，矗立在天台峰悬崖峭壁上，颇像一座雄伟的城堡。

立于高台之上，回首层峦叠嶂，苍木的深绿之中点缀着几簇红色的树叶，分外惹人注目。置身这青山绿水间，我们永远不会疲倦。北望可见长江如游龙横卧江淮大地，南眺皆是神奇黄山的峻峰秀水。呵呵，我们已置身九华山出水莲花的莲蕊上，此刻方能体会“海到无边天作岸，山登绝顶我为峰”是何等境界。当年李白游九华山曾写下诗句：“妙有分二气，灵山开九华。”“昔在九江上，遥望九华峰。天河挂绿水，秀出九芙蓉。”用以形容朵朵山峰的秀美之态，何等贴切。我贪婪地呼吸着这里纯净的空气，似乎感觉到肺活量增大了许多。在这样充满豪情、洒脱、飘逸的环境里，人们可以尽情感受生命的赐予和自然的丰盈！

我的心经过山水的涤荡，变得安静而恬然，不由想到有人为这里的山水做的总结：

往事如风，积淀了厚重人文浸润；

逝者如斯，偏有这青山绿水亦然。

北京：千年古都皆是景

游北京，时值盛夏。踏上这块朝思暮想的土地，映入眼帘的是街道旁那峭拔挺立的大杨树，搭成的一条条林荫大道。绿荫遮蔽着夏日的炎热，绿化着人头攒动、车水马龙的北京。难怪茅盾先生在《白杨礼赞》中对它有如此赞美："但是它伟岸，正直，朴质，严肃，也不缺乏温和，更不用提它的坚强不屈与挺拔，它是树中的伟丈夫！"

我抑制不住激动的心情，来到天安门广场。广场上人山人海，鲜艳的五星红旗在广场上空迎风飘扬。我激动地站在天安门城楼前、人民大会堂前、人民英雄纪念碑前尽情地拍照留影。那天，正巧是毛主席纪念堂对外开放日，排队瞻仰的游客多到见首不见尾。我排在一位外国人的身后，他高大的身躯挡着我前方的视线，使得我左顾右盼。太阳高照着，温度很高，幸好人流旁有矿泉水卖。水不敢多喝，喝多了怕中途上厕所，还得重新排队。但是，高温未能阻挡人们的步伐，烈日下，瞻仰的长龙始终不减。

排了一个多小时队，终于来到入口处，台阶左下方摆放着大把的夏菊花，我买了三枝，顺着人流来到前厅，在毛主席的汉白玉坐像前，深深地三鞠躬，然后把菊花敬献在毛主席的坐像前。

所有的人几乎是同一个表情，肃然、虔诚地分成两排向前走，没有人插队，也没有人讲话。纪念堂里十分寂静，人们的目光都朝着一个方向，望着毛主席的遗体沉思，缅怀……

从纪念堂走出，已是晌午。走到中国国家博物馆、中国人民军事博物馆也都是人山人海，这些地方都是免费参观，但排队领票、过安检均费时间。我生怕一天的时间不够用，到哪儿都是走马观花，叹息排队入场花的时间，甚至要比观赏的时间还要长。就这样，除当天未去故宫外，我用一整天的时间，在天安门附近转了一大圈。

翌日，我起了一个大早。坐车来到国家大剧院街道边的一家旅行社，花了200元拼团游长城。

一天游程，三个景点：长城、老北京风情园、十三陵。导游是一个地道的北京靓妹，能说会道。坐在车上，她一路讲解：过鸟巢讲鸟巢，过水立方讲水立方，过月坛桥讲月坛桥。她把月坛桥上的围栏和桥对面中国建设银行总部的外观建筑设计联系来讲，使我印象深刻，说建行总部整个建筑呈黑色，外形酷似西汉出土的香炉，大门也与众不同，开了个向西的偏门，取意“歪门斜道”，门正对着月坛桥。月坛桥上面的围栏有一里路长，像一个个巨大的算盘，意为求偏财。

车行约一个多小时，不觉来到了长城脚下，抬头远望，它像一条长龙，在崇山峻岭之间蜿蜒盘旋。我抬头仰望着前不见头，后不见尾的万里长城，终于体会到了雄伟壮观的感觉。

站在长城脚下，照了张相，我随着游客一道开始登长城。长城很宽，据说在秦国时，五六匹马可以齐头并进。长城很陡，上下阶梯时必须抓住栏杆。

城墙顶上，每隔300多米就有一座方形的城台，是古时用来屯兵的堡垒。在坡度转弯处，立着一块碑，碑上刻着毛主席“不到长城非好汉”的手书，在此地，我站着、坐着照了两张相。坐在碑下的那张照片，曾把它作为微信头像用了好长一段时间。后来发现这样的碑在长城就有好几处。照完相，顺着这里的一条小路往下走，就看到长城的基脚，它用巨大的条石和城砖筑成，令人不解的是，在这些基脚的条石下，竟然长出了很多的山枣树，我想这绝不是游客丢下的枣核长出来的，因为枣核不可能丢进那些砖石下，这难道就是当年那些为秦始皇修建万里长城累死、饿死于长城脚下的民众不屈的冤魂吗？后来我才获知，这段长城是八达岭（水关）长城，始建于明代，为古代军事防御工程，为防御外寇入侵，以水拒敌，形成关口，是古代战场上罕见的建筑，是八达岭长城中保存最精固也最险峻的一段。

来一次长城不容易，我一直往上爬，想登上前面那插了五星红旗的地方，但越往上登越吃力，加上导游的时间限制，只好打消念头。站在高处倚墙回望，只见脚下的长城，犹如一条看不见首尾的巨龙，气势磅礴，在烟波弥漫中，翻山越岭远去……此时，我不禁想起了康有为的《登万里长城》：“秦时楼堞汉家营，匹马高秋抚旧城。鞭石千峰上云汉，连天万里压幽并……”

用过午餐后，导游带我们游十三陵。十三陵是明朝皇帝的陵墓群，在天寿山南麓的山谷中，明代16个皇帝就有13个皇帝埋在此地。陵区四面环山，13座陵墓分布在盆地的东、北、西三面，各以一座山峰为背景，在绿树浓郁的自然风光之中，衬托着红墙金顶的明楼和殿阁。

13座陵墓，长陵的建筑规模最大，是明成祖朱棣和皇后徐氏的合葬墓，陵宫建筑占地约12万平方米。其平面布局呈前方后圆形状，前面的方形部分，由前后相连的三进院落组成。它是十三陵中的祖陵，也是陵区内最主要的旅游景点之一。位于大峪山下的定陵是明神宗朱翊钧22岁时开始修建的，定陵于万历十二年（1584年）动工，历时6年完成。这个陵墓是十三陵中唯一开放的。地下宫殿分前殿和后殿，出土百子衣、织锦等各种珍贵文物3000多件。由于时间关系，其他陵墓不能一一细看，游过老北京风情园，回到出发时的地点，已是晚上7时，于是我还在天安门广场看了降旗仪式，才回到住宿的宾馆。

在北京的几天里，我还游过故宫、圆明园、颐和园等各处名胜……每游一处景点，都有别样的滋味，每一处都有独特的风格和底蕴。有人说，游走北京无须准备什么，因为千年的古都，走到哪里都别有景致，走到哪里都能感受到帝都的博大和历史的厚重沧桑。

迷醉红枫湖

距贵阳市20多公里处，有一个壮阔优美，明净澄澈，秀甲一方的湖——红枫湖。

红枫湖宛如一面晶莹的宝镜，镶嵌在贵州省中部的清镇与平坝区之间，湖水面积57平方公里，相当于北京十三陵水库的13倍，杭州西湖的10倍，深达100米左右，有“高原明珠”之誉。

去红枫湖旅游无须专程跋涉，只要在通往昆明和黄果树瀑布的交通要道上稍做停留，便能浏览湖景。因此，无论是慕名而来的游客，还是路过此地的行人，都要在此停留一番，观赏这里的美景。

红枫湖系长江水系和珠江水系分水岭处的一个人工湖，青溪两岸层叠连绵的万重峰峦被一池碧水淹没，形成了100多个大小各异的岛屿。泛舟此地，你不禁会想起郭沫若先生当年赞美千岛湖风光的诗句：“西子三千个，群山已失高；峰峦成岛屿，平地卷波涛……”

极目远眺，红枫湖美景尽收眼底，如黛的山峰，五颜六色的楼房，鲜艳的亭子，蔚蓝的天空，淡蓝的湖水，好似一幅徐徐展开又无尽头的山水画卷。令人顿生“水回几讶船无路，山开又见一重天”“一折青山一扇屏，一湾绿水一条琴”的诗情画意。

红枫湖以岩溶地貌和湖光山色为特色，既有桂林山水的碧丽朗秀，又有“高原岛国”的千姿百韵。湖区分北湖、中湖、南湖和后湖。四湖风韵各异：北湖碧波万顷，中湖水狭山奇，南湖山重水复，后湖群峰环水。南湖将军湾溶洞群中的将军洞，长达600米，有3个洞中湖，白而透明的各种钟乳石倒映水面，宛如水晶宫殿，形成了山里有湖，湖里有岛，岛上藏洞，洞中有湖，洞湖相通，融山、林、水、洞诸景于一体，具有“阔、秀、奇、爽”四大奇特景色。泛舟穿梭于幽谷、石林和汊湾之间，如入仙宫。

红枫湖里的水产资源也非常丰富，鱼的种类很多，而且肉嫩味美，在当地享有盛名。岛上的特色餐馆比比皆是。以“鱼”为主的菜馔就有上百种。游罢湖中美景的游客，若是回岛上任何一家餐厅里吃上一顿鱼席，既饱了眼福，又饱了口福，您将深感不虚此行。

尤其值得一提的是红枫湖民族村。民族村由侗、苗、布依等多个民族的村寨组成，村寨都建在岛上，隔水相望，互相呼应。侗寨建筑以仿木结构为主体，风雨桥廊檐宽敞，鼓楼高耸入云，整体气势恢宏、美丽、壮观。苗寨的吊脚楼更具特色，顺山壁而建，列冈峦之势。苗王台虎踞中央，高高在上，鹤立鸡群。游人进入苗寨，身着苗族服装的苗家姑娘，将游客热情接待，首先敬送三道“拦门酒”。她们热情大方，那甜甜的笑声、柔柔的歌声，定会让你酒未喝，人已醉。布依寨寨门高筑，用石头垒砌的高矮不一的房子沿石阶递进，回廊曲折，结构变化多样，进入寨中，如入迷宫。夜晚，盏盏玻璃风灯，放着美丽的七彩光束，更添几分神秘，几分醉意。

民族村不仅荟萃了大西南10多个民族的原始风情表演，而且还从全国各地引进杂技马戏、珍奇猛兽驯化表演等等。每周还举办一次“土风狂欢夜”，各民族的歌舞在这里各领风骚，令游人大开眼界。

红枫湖如今已被国家正式列为重点风景名胜区。它集观景、娱乐、实用于一体，堪称自然景观和人文景观的最佳结合。近年来，它已成为西南火爆的旅游景点之一，吸引着来自世界各地的游人。

漫步红枫湖畔，领略它的湖光山色、万千风情，你不能不为之迷醉。

瞻仰范仲淹纪念馆

苏杭四日游之次日，导游带着我们游过苏州狮子林后，便一路前行来到天平山。

天平山，位于苏州古城西南14公里处，因山顶平坦而得名，向以红枫、奇石、清泉“三绝”著称，享有“吴中第一山”之美誉。

因时近黄昏，我们只能是走马观花了，但掩映在山林绿荫之中的一处景点倒吸引我前往细瞧，原来是范仲淹纪念馆。

纪念馆门前平地上横卧着一块巨石，镌刻着“范仲淹纪念馆”六个金黄色的草体大字。这六个字为范仲淹的第28世孙，我国著名新闻工作者范敬宜所题。大家纷纷驻足，倚石留影。

踏足入内，两侧石栏围着两口大小相同的长方水池，池中养有观赏鱼类，中为平缓的阶梯形石道，供游人行走。

这是一座典型的仿宋代风格建筑，由三厅一廊一房构成。庭院幽静雅致，鸟语花香。园内几株银杏古树枝叶蜡黄，秋风刮过，树叶在空中飘舞，真是美极了。

展馆陈列采用版面和样盘相结合的形式，分北、中、南三厅。走入北厅序馆，范仲淹的生平简介呈现眼前：据记载，范仲淹是汉代清诏使汝南征差范滂之后人，祖籍陕西咸阳。其10代祖范履冰在唐朝武则天时期当过宰相。至四代祖，也就是范仲淹曾祖父，被当时朝廷任命为浙江丽水县丞。范家从此在苏州吴县定居。

范家虽然世代为官，但范仲淹命运却颇为坎坷。他2岁丧父，母亲谢氏贫困无依，只得抱着他，改嫁山东淄州朱文翰，遂更名朱说。范仲淹自幼刻苦自励，勤奋好学。他每天用两升小米煲粥，隔夜粥凝固后便划成四块，早晚就着腌菜各吃两块，苦读成才。“断齑画粥”就出自这一典故。22岁那年，范仲淹得知身世，毅然辞别母亲，前往应天府（今河南商丘）求学。寒窗苦读数载，他已博通儒家经典的要义，有兼济天下的抱负。27岁时，便以“朱说”之名，登蔡齐榜，中乙科成进士，被授广德军司理参军。之后迎母归养，改回本名。

边走，边看，边想，不觉走到范仲淹铜像前，面对铜像，敬佩感油然而生。只见铜像右手紧握着书卷，嘴唇紧闭，深凹的眼睛目视前方，再现范仲淹当时那种敢做敢言、忧国忧民的爱国情怀。上方悬挂着宋朝朱熹手书的“第一流人物”匾额，红底金字熠熠生辉。两边檐柱上雕刻着《岳阳楼记》中那传诵千古、家喻户晓的名句：“先天下之忧而忧，后天下之乐而乐。”这正是范仲淹一生的写照。

范仲淹34岁时，为治理泰州海潮倒灌良田，主动请命，出任兴化市令，征调民众4万多人，重修捍海堰，不仅使当地人民的生活、耕种和产盐均有了保障，还在后世“捍患御灾”中发挥了重要作用；45岁时出任苏州知州，他的以“修围、浚河、置闸”为主的治水方略，惠泽后世，自南宋一直至元、明的两浙职守，都依照这个模式去整治水患……可以这样说，范仲淹为官到哪儿，造福到哪儿。

他52岁还挂帅上阵，抛下家室与韩琦一起镇守陕西。虽然仕途上的艰辛、蹉跎使他早已霜染鬓发，但是忠心报国的热忱却不减当年。他屡次击退西夏、契丹的侵略，被西夏人称为“小范老子”。

在那“长烟落日孤城闭”的荒山野岭上，他也曾想过家，沉吟过“浊酒一杯家万里”的诗句，然而他想到“燕然未勒归无计”，就在那里餐风饮露度过后半辈子吧。

是啊！“愿得此身长报国，何须生入玉门关”呢？

听讲解，看实物，进一步了解了范仲淹这位伟大的政治家、思想家、军事家、文学家的不朽功业，近距离地接触他“先忧后乐”的人格力量和博大胸怀。

缓步前行，走进中厅，范仲淹一生的功绩在两侧墙上的展板上一一展现。范仲淹当秀才时就常以天下为己任，有敢言之名。他曾多次上书批评当时的宰相，因而三次被贬。宋仁宗庆历三年（1043年），范仲淹对当时的朝政弊病极为痛心，提出“十事疏”，主张建立严密的仕官制度，注意农桑，整顿武备，推行法制，减轻徭役。宋仁宗采纳他的建议，史称“庆历新政”。可惜不久因为保守派的反对而不能实现，因而被贬至陕西四路宣抚使。范仲淹扶疾上任，行至徐州途中病逝，享年64岁，谥号“文正”，世称范文正公。

南厅展示的是范仲淹在文学上的成就，有范公所作的辞赋、散文、诗词、书画等。最引人注目的还是正中木匾上刻制的毛泽东主席手书的范仲淹词《苏幕遮》：“碧云天，黄叶地，秋色连波，波上寒烟翠。山映斜阳天接水，芳草无情，更在斜阳外。黯乡魂，追旅思，夜夜除非，好梦留人睡。明月楼高休独倚，酒入愁肠，化作相思泪。”

附房展示了漆雕《万笏朝天图》和《高义园世宝》。西边走廊的墙上是16幅图文并茂的瓷板画，以连环画的形式来展现范仲淹的一生，让游客更好地了解这位“第一流人物”。

虽已黄昏，但在我们参观的过程中，还不时有人进来。大家怀着对范仲淹的崇敬之情，认真看，仔细听，心中感受到他那种强烈的爱国主义情怀。千百年来，功臣名将、贤人英才不可胜数，但是能像范仲淹那样，所作所为经得起历史的检验，始终保持其崇高地位，而无一人疵议者，实为罕见。

离开范仲淹纪念馆时，已过闭馆时间，我随工作人员一道出馆，缓步穿行在红叶飘飘的古枫下，注视着那高大的“先忧后乐”石牌坊，面对斯人斯景，足以令“贪夫廉、懦夫立”，心灵受到一次神圣的洗礼。

江南游，最忆是西塘

从杭州坐车，沿沪杭高速公路前行不到一个小时，便来到了位于嘉善县北11公里处的西塘镇。这是一座有着千年悠久历史文化的古镇，早在春秋战国时期，就是吴越两国的交界之地，故有“吴根越角”之称。

千余年悠久历史和文化的积淀，使这座古镇显得厚重而儒雅。一踏上这片土地，使人仿佛一下子进入了一种古老浓郁的文化氛围中。下西街，是西塘保存完好的一片明清建筑集中地。这里院落错落有致，高低不平的砖木结构房子鳞次栉比。宅弄深处静谧，走进去俨然又是一洞洞深幽的门，探头望去，一进又一进，曲折幽深，给人一种高深莫测的神秘感。始建于明代的“种福堂”，要算西塘最为著名的古屋。虽历经了风风雨雨，至今风韵犹存。整幢建筑二层，共分八进，前后房屋70余间，为典型的明清建筑风格，第一进为墙门间，第二进为轿厅，第三进为正厅即“种福堂”。厅分账厅和备弄，楼面铺硅砖；厅堂正中悬挂着康熙年间翰林侍读学士海宁陈邦彦题写的“种福堂”匾额。第四、五进是内宅，六、七进为粮仓和雇工住房。每进间均有长条石铺的天井。第八进为花园，有小桥、假山，种有湘妃竹、杜鹃等花木。据当地人介绍，这为宋御营司都统制王渊后裔之私邸。相传王渊护驾宋高宗赵构南渡后其子孙隐没于杭嘉湖一带。清顺康年间，其中一脉子孙移居西塘，兴此宅第。

如今在西塘，这种规模较大的明清建筑的古屋还很多，可见当时这里人丁兴旺，集市繁荣。从一座座幽深大宅的檐柱、窗棂上雕刻的各种龙凤呈祥的图案中，从“种福堂”那行善积德，以图后报的思想意向里，西塘古镇儒家的人伦观念便得到充分体现。当年，富裕了的西塘人，不断地购地、建房、置田，兴办各种诗书画社，并积极送子弟读书求仕，营造了古镇浓郁的文化氛围。据记载，从明代万历至清末的427年间就出了有名有姓的进士19名，举人31名。昔日的耕读相伴，使西塘成为江南水乡的著名古镇。

穿过一条幽深的宅弄，从种福堂向西拐，又是一条夹在两幢住宅之间的露天弄堂，人称石皮弄。这是全镇122条弄中最为窄的一条，宽仅1米，全长68米，由166块古块铺成，路面被岁月的屐痕磨得发出青光，下为下水道，左右两壁梯级状山墙有 6 米至10米之高，至今完整地保留着古老而又独特的风姿。

在江南水乡众多独一无二的建筑中，西塘的廊棚，也是古镇最独特的一道美丽的风景线。这些被人誉为“带屋顶的街”的廊棚，有的临河，有的居中，沿河一侧的廊棚，还设有靠背长凳，以供过往行人歇息，里侧大都为商店和民宅。其中朝南棣廊棚，为古镇最为突出的一段，它东起北栅街，西至来风桥，全长168米，街宽2米左右。廊棚从街伸至河边，圆木柱支撑着一层斜斜的屋门，俗称“一落水”，均为砖木结构，中间一段尤为出色，翻轩两层雕刻花纹，古朴而又典雅。

桥多，这是西塘的又一特色。全镇共有桥梁104座，镇区的南塘桥、中塘桥、北塘桥、鲁家桥、来风桥等均建于明代，其中在镇南烧香港底福源宫前的望仙桥，始建于宋代，虽进行过多次修缮，仍给人一种古朴的风韵。建于康熙年间的卧龙桥，为古镇最高的桥梁，岸起5.5米，桥身长31.46米，宽4.95米，桥东坡32级，西坡30级，西堍朝南转角处还有9级。该桥原系木板搭置，极简陋。相传当时有一个名叫朱公的竹篾匠，见一孕妇过桥，不幸坠河淹死，深感悲痛，遂立志投桥东永寿庵为僧，以铁链穿肩，誓愿募建石桥，历尽艰辛，苦行10余年，终于募得银三千两，于康熙五十五年（1716年）动工，3年后，桥建成。这就是现今的卧龙桥。

从卧龙桥沿着廊棚往南走，便是文水漾，石级边泊着乌篷船。临河人家从窗口用吊桶提水。船头斜放的竹竿上，默立着黑得发青的鱼鹰。倘若是坐船在小河里走，腰檐下茶馆的人声，河埠上女子的捣衣声，舷侧驶过的水泥货船摇橹的吱呀声和暮晚小河漾起的江南水汽便随之氤氲开来……

粉墙黛瓦，流水橹声，石板街，石拱桥……西塘的这一切一切，便留在我的脑海里，值得一生去回忆，去品味。

芳菲四月上匡庐

四月的庐山，桃雾霏霏，杜鹃啼红，景色分外妖娆。

庐山瑰丽妖娆的景色，首推巍峨耸峙、森苍林莽的俊秀雄峰，它是平地突起与峰岭连接的弧形山脉，绵延百里，青峰翠岭。全山号称由90多座峰岭所组成，雄奇拔秀，叠翠连云，千姿百态，形状各异：有的顶端绝峭，复做微倾，宛如宝塔耸立一般；有的山势崔嵬，显如华盖；有的尖角独立，云雾缭绕，有如犁头耕云；有的居高它山，秀如双剑刺天，青光逼人；有的高穹耸立，形似灵龟似行非行……海拔1474米，昂首挺拔的汉阳峰，是庐山最高峰，它地处庐山东南部，与东北面呈金字塔形的小汉阳峰遥相呼应，自然横亘连接一起，形成一道屏障。山中悬崖飞瀑，怪石罗列，攀临峰顶眺望，山川湖泊尽收眼底：长江如带，鄱阳湖如镜，大小峰岭，嵯峨参差，争奇夺秀，各具风采。顶峰青松遍布，矮小盘结，形状奇异，为他处所罕见。峰顶题刻也多，其中东西刻有一副对联，很引人注目：“峰从何处飞来，历历汉阳，正是断魂迷楚雨；我欲乘风归去，茫茫禹迹，可能留命待桑田。”相传大禹曾在此处寻思治水方略，秦始皇、汉武帝以及史学家司马迁也都到过此地。上面筑有一方形石台，名汉王台，就是为纪念汉武帝避水于此而建。

沿着鄱亭石阶下行，入小道，便是庐山最著名的五老峰。从山下观之，嶙峋傲骨，雄伟险峻，怪崖峭立，突兀凌霄，远看恰似五位老人并肩端坐，但互不连属，又各有风姿。登上五老峰顶，置身其间纵眼四望：近处，层峦叠嶂，斧削峭崖，鹰旋深涧，峡谷悬流历历在目；远处，湖光山色，阡陌纵横，微茫缈漫，尽收眼底。真是："云腾水飞山亦动，天上人间一望中。"

庐山流泉飞瀑众多，古人曾将"匡庐飞瀑，雁荡龙湫，黄山石笋"誉为天下三奇，而"匡庐瀑布"，又首推三叠。由五老峰下山，沿公路东北方向前行不远，有个叫观瀑亭的地方，站在此地观看三叠泉瀑布是最合适不过了。如果不是身临其境目睹了三叠泉瀑布的风采，你是无论如何也想象不出它的壮观的。瀑布自大月山来，经五老峰背，倾注于九叠谷，两次飞泻于大磐石上，折而复聚，形成三叠。三级落差达155米，上级水流直冲，注入磐石，如飘云拖练；中级汇巨流不断潆洄，翻滚喷薄，如碎玉摧冰；下级落差达80余米，飞流直下，凌厉疾迅，如飞龙走潭。若从铁壁峰向上仰观，三叠泉蔚为壮观：就像苍天破了一个小口，水从口里直射出来，仿佛九天散霜，水泻银河，抖腾长空，凌虚而下。真可谓："飘者如雪，断者如雾，缀者如旒，挂者如帘。"此时，李白那首描写庐山开先飞瀑的著名诗句也不禁在脑海里奔涌："飞流直下三千尺，疑是银河落九天。"

庐山无处不美，大自然的造化使它不仅雄奇俊秀，而且还给人一种遐想无穷的朦胧美。站在天池山，看庐山的云雾，那真是一种美的享受：远看，峰峰岭岭在雾海中忽隐忽现，犹如万马奔腾。近看，犹如大海涨潮，波涛时起时伏，仿佛沿边峰岭兀立海中一样，峰岭一下变成了大海上的点点孤岛。倏地，一阵浓雾袭来，人裹浓雾，雾糅合着，搅成了一团又一团。顷刻间，山风乍起，浓雾飞快地向四周扩散，那散开的雾像轻纱一样飘来飘去，顶峰的琼楼玉宇在雾气中缥缈，虚幻，使人如入仙境。

芳菲四月，庐山到处是绿色，到处是花。在300平方公里的土地中，各种植物就多达3400余种，茂盛的植被，使庐山绿荫匝地，秀色天成；五颜六色的鲜花，又把庐山打扮得更加春意浓艳。到庐山赏花最好的去处除了植物园外，另一处就是花径了。它位于牯岭西谷，相传当年白居易隐居北香炉峰下草堂闲着无聊，时正暮春四月，起兴登山到大林寺游览，一日独循小径，沿谷穿林寻趣，不意偶遇一片桃林，桃花盛开，饱赏一番。回庙引发诗兴，欣然吟咏《大林寺桃花》诗："人间四月芳菲尽，山寺桃花始盛开。长恨春归无觅处，不知转入此中来。"随后又挥笔写下"花径"二字，并请来石匠镌刻于石上。如今的花径公园，园内花石相间，竹木并茂，娴雅清绮，引人入胜。园内觅春园，陈列花卉多姿多彩，各式盆景，别出心裁，各种名花，争奇斗艳。

优美的庐山，除了胜景，又以悠久历史文化和人文景观名扬四海。传说殷周时期，就有匡俗兄弟七人在此结庐隐居，得道成仙，匡山，匡庐名称便由此得来。此后历代，帝王将相、文人学士也多到此游历。晋代陶渊明辞官隐居，就住在庐山脚下温泉附近的栗里。唐代诗人李白、杜甫、白居易，宋代文人苏东坡等曾给庐山写下了不少动人诗篇，白居易《庐山草堂记》里那句"匡庐奇秀甲天下"的开头语，已成为众口皆碑对庐山的评价。宋代理学家周敦颐和朱熹在庐山筑堂讲学，著名的"濂溪书院""白鹿洞书院"，皆一度成为我国古代教育中心之一。明末旅行家徐霞客在他漫游天下时也到了庐山，他的游记对庐山有详细的记载。中华人民共和国成立后，毛泽东等老一辈无产阶级革命家都来过这里，更使庐山倍引世人瞩目。同时庐山又是我国著名的佛教、道教圣地，自晋至清一直和尚云集，道士接踵，从而名刹迭兴，招提栉比，宝塔连云，山上寺庙多达300多处，其中庐山“五大丛林”“三大名寺”等，是庐山著名的宗教文化建筑。这些宗教建筑，为庐山增添了不少光彩。

秀丽匡庐层峦叠嶂、胜景如织、云迷雾漫，使人赏不完、识不尽。难怪苏东坡当年留下了这样充满哲理的慨叹：“横看成岭侧成峰，远近高低各不同。不识庐山真面目，只缘身在此山中。”

物华奇绝南岳山

衡山，古称南岳，一称岣嵝山。位于湖南省衡山县境内，是我国著名的五岳名山之一。这里群峰嵯峨，物华奇绝，自隋文帝时，就有“天下南岳”之誉。在五岳之中，因它地处长江以南，又一向冠有“五岳独秀”之美名。

在一个晴朗的冬日里，我们一行数人结伴来到了这里。从山麓的南岳镇到登上衡山第一高峰的祝融峰相距15公里。按照图上标示，第一站自然是要到久负盛名的南岳大庙一睹它的风姿。

南岳大庙为一座规模宏大的宫殿式古建筑。始建于唐开元十三年（725年），后历经重修。大庙坐北朝南，背靠群峰，面临市井，四周古木掩映，东边的春水涧与西边的清水河交汇于庙前，整个庙宇呈长方形，占地面积达98000多平方米。

门口红墙壁立，古樟老柏飘香。我们跟着游人鱼贯而入，只见气势宏伟的建筑与院中参天遮阴的古木交相辉映，给人一种庄严肃穆的感觉。整个庙宇布局严谨，中轴左右对称，其中门楼殿宇，共分八进，亭池错落，游廊四护，两侧住房达百余间。经过寿涧桥，进了高大的棂星门，穿过悬木雕游龙的奎星阁等六进建筑，我们便来到了正殿。正殿耸立在高达22米有16级台阶的高台上，内外共有72根大台柱，象征衡山72峰。殿上重檐叠构，角牙高耸。整个殿顶，覆盖着橙黄色琉璃瓦，各种刻有花木鸟兽嵌有汉白玉浮雕的石柱栏杆，绕以殿的周围。正殿中央巍然地坐着威灵赫赫的“南岳司天昭圣帝”祝融神君。

出寝宫和北门，就上了通往祝融峰的登山大道。绕过碧波涟漪的南岳水府，步过玉版桥，便来到了苍松翠柏掩映下的忠烈祠。忠烈祠是纪念1942年在南岳地区同日本侵略者浴血奋战，为国捐躯的2000多名英烈而建的。整个建筑依山势布局，前后对比高低分明，祠内设有致敬碑、纪念堂、享堂，由300级石阶连为一体，气势十分雄伟。享堂的门楣上悬挂着“忠烈祠”三个大字的巨大匾额，纪念堂内高高耸立着汉白玉石碑，镌刻着纪念抗战阵亡烈士的碑文，我们自觉地伫立碑前向这些为国捐躯的中华英烈鞠躬默哀。

从忠烈祠向上，就到了山腰部的半山亭。半山亭海拔650米，恰好是去峰顶的一半路程，因而得名。站在亭里，四周松荫蔽日，环境清幽，不愧为登山途中休息的一个好地方。大家在此用过午餐，稍稍休息了一会儿，抬腕看表，已是下午 1 时，为了能达到登上祝融峰之目的，我们不得不加快脚步，继续北上。本来从这里向西而行，可到相传为唐代名僧怀让用砖头磨镜子的磨镜台，以及天柱峰和有“南岳第一胜地”之美名的方广寺。但我们只能放弃，就是沿途的邺侯书院、铁佛寺、五岳殿、湘南寺等胜迹，也只是匆匆地一览。至下午 3 时，已达南天门。南天门为一座高大的石牌坊，上刻“南天门”三个醒目的大字。牌坊的左右石柱上还刻有一副对联，上联是，门可通天，仰观碧落星辰近；下联是，路承绝顶，俯瞰翠微峦屿低。站在南天门上，前山的景色尽收眼底：俯瞰阡陌纵横，村落相间，一派生机；向西眺望，藏经殿，梳妆台，在阳光照耀下，就像绿海中两颗耀眼的明珠，向东便是广济寺，周围三面高峰，罗青错黛，石崖壁立，古藤上附着青苔，常年松声旋谷，是南岳的风景林区之一；向北望去，就可以看到衡山的后山，祝融峰那貌似朱鸟展翅欲飞的山势展现在人们面前。我们越往上望，山势就越来越雄伟，山峰越来越险峻，登山的脚步也越来越缓慢。大家顿感疲劳，只好坐下来休息片刻，听一位登山者说起“祝融峰”“衡山”两个名称的由来：相传，上古时代黄帝手下一个管火的官，叫祝融，他发明钻木取火，造福百姓，死后葬于衡山，百姓为纪念他，便以他的名字命名了这座南岳最高峰。以后，就以祝融峰为中心，以衡阳的回雁峰为首，以长沙的岳麓峰为足，其间72峰，方圆800里，统称为南岳衡山。

50分钟后，我们终于如愿以偿登上了海拔1300.2米的南岳最高峰——祝融峰。此刻，我们登山时的疲劳刹那间都无影无踪了，无不为衡山之盛景倾倒，陶醉。临顶远望，放目四顾，望北，洞庭湖隐约天际；望南，南岳群峰起伏足下；望东，湘江蜿蜒山边；望西，巍巍雪峰若隐若现。近看，祝融峰昂首突兀，形似鸟首，两面山峦伸展如翼，弥漫着的流云飞雾萦绕山腰，置身其中，令人不觉产生一种云移峰飞的感觉。历代文人学士赞美衡山美景的诗句，也不禁在我脑海中奔涌：“祝融万丈拔地起，欲见不见轻烟里”“上观碧落星辰近，下视红尘世界遥”“眼底奔流湘水碧，峦巅追逐白云深”……

走进洪家山

驾车进入湘中娄底市区往北行约20公里，巍峨挺拔的洪家大山呈现眼前。抬头仰望，洪家山森林公园一片翠绿。郁郁葱葱的山头上，一团团一簇簇的杜鹃花在青山绿树之间绽放得格外鲜艳。我们把汽车停放在进山入口处一块不大的坪里，然后沿着新修的陡峭蜿蜒的柏油路徒步登山。一路呼吸着山林中飘出的清新空气，听着清脆的各种鸟叫声，真是心旷神怡！

路旁深谷下密密的树林被阳光照射着，相互辉映出五彩斑斓的图画。行约1公里路程，偶遇从山上走下来的一位采茶姑娘，姑娘对我们笑了笑，说："你们要登洪家大山，应从另一条游道上，从那上山风景更美，景点更多，登山视野更宽阔，在这儿登山，看到的都是密密麻麻的树林！"

按照姑娘的指点，我们另择其道，折返前往洪家村。此处是被当地老乡称作老洪家山森林公园入口处，山下一寺，名叫芙蓉寺。芙蓉寺前坪较大，停车扎营方便。我们稍做休息，继续前行登山。这条游道修得很不错，险峻处都配有栏杆，山下松树成荫，负氧离子含量极高，在松树林中徒步对人身体是有益的。

洪家山森林公园

登洪家山其实还有另外两条游道，外地人并不尽知。一条是从范家村（又称范家坪）走箐箕洞、石屋里翻越洪家山到宁乡。这是一条麻石古道。旧时，洪家山这边的涟源产煤炭，范家坪盛产石灰石，而翻过洪家山那边，则是盛产米粮的宁乡。数百年前，洪家山下的万家村就成了相邻的安化、宁乡、湘乡边界的商品集散地，挑石灰的、卖米卖煤炭的，最多时每天几千人。这条通往宁乡，联络安化、湘乡等县的麻石古道，我曾经走过无数回，记忆尤其深刻。我是地地道道的娄底双江人，从小在这大山中长大，对洪家山有种发自内心的亲切和敬畏。小时候，我常被大人带着去宁乡买猪崽、卖坛货。挑着担子，行走在被几代人用脚把地上的麻石磨砺得非常光滑的古栈道上，盘山而上，翻越洪家山，累得大汗淋漓时，常感叹人生之艰难。另一道是从新联走陴基坳沿山而上，翻越洪家山。这是一条真正意义上的茶马古道，全部由青石板砌筑而成。青石板经过几代人脚踩的磨砺，也是光滑无比，夏天被阳光直射变得滚烫烫的，雨天、雪天一不小心就会打滑摔倒。这条路，小时候我也同样走过，但已时过境迁！这条古道，后听说也进行了修缮，路比以前好走多了。山脊上还修了一条8.7公里长的环山公路，蜿蜒穿梭于平均海拔700米左右的山林间，连接着新庄、洪山、万家3个村庄，这既是防火带又是旅游线，被当地村民称为致富路、观光路。

如今我们登的这条游道，也是近几年新开辟的。今天走在这条新修的游道上再登洪家山，不再像以往一样要肩挑担子去宁乡谋生计，而是走在这蜿蜒的山径上看山看景。

登山之路虽蜿蜒崎岖，但小径两旁绿树掩映，树影摇曳，令人心神俱醉。随着海拔增高，石梯越发陡峭，每登一级都非常吃力。攀登者却无惧淋漓的热汗，在这处处绿色、充满负离子的环境里放松一下筋骨，回归自然，远离喧嚣快节奏的城市，尽享一份自然惠赐的宁静。

爬到半山上，一个凉亭出现在眼前。我们停下脚步歇息。背倚凉亭，仰望群山碧绿如翡翠，山花红艳欲燃，白云山间缭绕，鸟鸣山间传来。下俯幽幽深谷，空旷幽静，阳光垂照下来，下面浓雾滚涌上去，云蒸霞蔚，颇为壮观。

翻过大大小小数座山坡，居高临下，一位游人伸手直指山间一处平地，说："快看！那就是'教打坪'。"旧时，洪家山是"梅山古国"属地，相传明初时，农民起义领袖梅四保，痛恨朝廷昏庸，贪官横行，就组织当地农民在此习武教打，为维护广大农民的利益，与封建王朝展开艰苦卓绝的斗争，留下了许多可歌可泣的感人故事。

小时候，我常听老一辈人念叨，说当年洪家大山被梅四保埋有金银十八窖，有民谣曰：“大坳对小坳，金银十八窖，窖窖十八块，块块十八斤……”民谣传承了数百年，至今没有人发现一处宝藏，但如今在我眼里，在这一方青山绿水中，120多座大小山头连成的洪家大山，它的每座山都是金山银山。

据我的战友“湖南省最美退役军人”、洪家山森林公园管理处办公室主任刘中林介绍：洪家山森林公园属中亚热带常绿阔叶林区，园内森林覆盖率达到58%，有乔灌植物84科、436种，其中列为国家珍稀濒危保护的有3种，具有较高观赏价值的森林植物190种，野生动物100余种，其中省级以上珍稀保护动物52种。2008年，洪家山森林公园成功创建为国家AAA级旅游景区。走进洪家山，如同走进一座天然的宝库。

我清楚地记得：20世纪70年代末期，双江乡发动全乡人民在洪家山开荒植树造林，我曾跟村里的伙伴们一起到洪家山上挑过树蔸，如今走在这片幽深静谧的绿海中，感到了它真正的价值所在。

上午11点多钟，我们终于登上山顶。顶上建有一座瞭望塔，站在制高点极目远眺，四周美景尽收眼底：红日下，无边无垠连绵起伏的山峰千姿百态、美不胜收。东瞰，前方就是宁乡地界，只见阡陌纵横，水网交错，层层绿树，环绕村庄，田间的油菜花开得正旺，不愧为鱼米之乡；北眺，洪家大山乍看景致秀一色，远山如黛青梳妆，蓝天映着白云，真是风景如画。侧望，湘乡山峰层峦叠嶂，合东水库似一池翡翠，在阳光普照下，波光粼粼。往后远眺，双江山水蜿蜒苍茫，近处的游道上游人络绎不绝。于是，我们大声地喊叫：“山下的同志们快点走啊，山上的风光好美哩！”山下的游人马上应答：“好呀！”山上人大声地喊叫，加快了山下人前行的步伐。

第三辑

朵颐四方

西塘糕点美　名馔味亦浓

那是一个夏日的下午，我们一行数人从杭州坐车，沿着刚刚通车不久的沪杭高速公路前行不到一个小时，便来到了西塘，下榻于镇上唯一的宾馆。时近黄昏，耐不住想探寻古镇神秘风情，我便邀上两位友人踏上了古镇的街道。这些街道多有廊棚覆盖，沿河一侧设置靠背长凳，内侧多为民宅和店铺。我们沿河慢慢散步，然后拐进一条小街。小街虽不大，但两侧齐刷刷的小摊和店铺，真可谓琳琅满目。看上去，这街似乎又像是一条小吃街，各种各样的小吃也多得出奇：烧卖、馄饨、水豆腐、粽子、塌饼、绿豆燥片、面筋汤，以及各种五花八门叫不上名的糕点小吃。特别是这些糕点不仅做工精细，而且形状各异：有方的、圆的，也有呈菱形状的；有形状像小鸟、小狗的，也有如花如果的……令人眼花缭乱。

见了这些诱人的糕点，想起中午在杭州匆匆用过的中餐，大家早就有点饿了，于是便走进一家小店。店老板是一位长得很秀气的江南女子，穿着一件蓝底白花的短袖长裙，见我们进来，立刻笑吟吟迎过来：“请里面坐！”随手奉上早已准备好的凉茶，并递上点心食谱。我们接过来看了看，小店的点心就有几十种，大家一时竟不知吃什么才好。店老板见了，忙走过来热情地说："看来诸位客人是外地人，不如吃几样我们西塘的特产糕点。"我们一听，也就爽快地作答："那就随你安排吧！"

不一会儿，几样糕点上了桌。店老板指了指其中一道深灰色状的糕点给我们介绍："这是我们西塘最有名的八珍糕，有1000多年历史啦，说起来，还有一个故事呢！"平时就爱打听食物典故的我，一听有故事，连忙说："那说给我们听听！"店老板见店里已无其他客人，便拿过一条凳子坐下，饶有兴致地跟我们说开了："相传，1000多年前，西塘已成了江南的大集镇。那年梅雨季节，镇上来了个糕点师傅。他心肠好，手艺高，还懂草药。来到西塘后，便在镇上热闹的地方摆了一个糕点摊，但从早到晚没看见一个人来买他的糕。糕点师傅心中非常纳闷，后经打听，知道镇上所有的孩子得了一种怪病，正在他寄宿的一座庙里烧香、跪拜。糕点师傅是个有心人，他独自在一旁悄悄地观察小孩的面色，发现一个个都是萎黄、憔悴的脸，又听那些父母声声求告'开胃、助消化'的话语，判断这些小孩一定是得了疳积。于是他买来最好的糯米磨成粉，又找来几味开胃、助消化的草药拌和在粉里，加进许多糖，做成了一条条长长的糕，蒸熟烘干后，切成薄薄的一片片，拿到街上去卖。尽管糕点师傅说能治病，但还是没人来买。寄宿在庙里的他，见糕卖不出，就随手拿了几条送给庙里当家的和尚，刚好那当家和尚认识的一个孩子也正患这种病，和尚便给孩子吃了。说来奇怪，孩子吃了糕，病竟很快好了。于是，和尚以低价向糕点师傅买下了所有的糕，把糕供在供台上，说是老爷显灵恩赐的。香客们求去后，小孩吃了，病都慢慢地好了。从此，求糕者越来越多，糕点师傅也并不计较和尚给他多少报酬，日夜做糕，据说，有1000个小孩吃糕后，病都好了。人们便取名叫‘千糕’。后来，镇上有个药店老板研究了千糕，发现千糕不但有糯米、糖，还有党参、怀山药、扁豆、白术、炒米仁、芡实、莲肉、五谷虫八种药材。他还研究了这些药的配方和比例，改换名字，做出了‘八珍糕’。到了明代，陈实功著的《外科正宗》书里还记述了八珍糕的配方呢！不过现在的八珍糕制作更加科学，里面的虫也取消了，诸位尽管放心吃。”

想不到八珍糕还有这样一番来历，经店老板这一说，我们早就忍不住了，大家便动起手来。放进嘴里，这八珍糕味道真的非同一般，不仅清脆香甜，而且十分可口。大家你一块，我一块，一盘糕点也就吃得差不多了。于是便把目光盯向另一道：那糕点似乎与苏州的“蜜糕”差不多，吃在嘴里是又脆、又香、又甜，更是美不可言。店老板见我们吃得高兴，便又饶有兴致对我们说：“这也是西塘的特产叫‘状元糕’，是用白米磨成粉，加入炒芝麻、蜜糖等原料蒸制后烘干而成的，说来也有个故事呢！传说当年唐明皇微服下江南，来到西塘，品过一位年轻小伙子做的糕后，赞不绝口。回宫后，念念不忘在西塘吃过的糕，便口传圣旨叫人到西塘去取，谁知做糕的小伙子已去京城赶考几个月了，家里一条糕也没有。唐明皇听了取糕人回京的禀奏，便心生一计，出了一道特别的考题，要考生一个个都来做糕点。最后只有那个西塘来的小伙子得心应手，顺顺当当把糕点做了出来。唐明皇一吃，称心如意，一时高兴，竟钦点了这小伙子为头名状元。做糕的人，中了状元，大家传为佳话，状元做的糕自然也就叫状元糕了。从此，这状元糕，也就流传至今。”

一道糕点，一个故事，我们真是吃起来有味，听起来有趣。友人还想再吃，被我劝阻，我们还得回宾馆用餐。我只好对店老板说：“今天我们少吃一点，多买一点。”店老板一听自然高兴，给我们一人一只袋子。我们各自买了一些糕点提着，便走出了小店。

此时已是华灯初上。天空中也飘起了毛毛雨。虽然已是夜晚，我们仍慢慢走在古镇的石板街上，看着灯光映照下的粉墙黛瓦，听着吱呀吱呀的拍水橹声，感受着小河漾起的氤氲江南水乡之气，不觉已到夜晚10时，早已错过回宾馆就餐的时间了。这时雨越下越大，我们只好沿着廊棚，走进一条老街，选择了一家布置豪华又带有些情调的小吃店。店堂前，炉火熊熊，热气腾腾，叠得如塔的笼蒸小吃小巧玲珑，一阵阵香气扑鼻，煞是诱人。楼下的桌子几乎都有食客，老板过来忙不迭地说："楼上请！"这时，一位打扮入时的姑娘走过来引我们上楼。我们在楼上一个靠窗的地方坐下，未等服务员递上菜谱，我便好奇地问："楼下蒸笼蒸的是什么，好香啊！"服务员笑着说："这位先生真有眼力，那是我们西塘有名的荷叶粉蒸肉哩！它选料讲究，做工细致，与一般的粉蒸肉大有不同，不仅风味别致，味道也非同一般啊！""怎么个别致？"我们一听，有点迫不及待了。服务员说："诸位一定看过电视连续剧《宰相刘罗锅》吧！这'荷叶粉蒸肉'，就是剧中那个为政清廉、机智幽默的宰相刘墉给取的。相传清嘉庆年间，刘墉率随从沿大运河来江浙一带视察民情，路过嘉兴，见此地文化氛围浓厚，人才辈出，小小集镇，光是进士、举人就出了50人。身为东阁大学士、太子太保的刘墉，哪敢怠慢，特意吩咐前往西塘造访。其时正值农历六月初六，为当地荷花节，西塘城老少都乘游船前往文水漾观赏荷花去了。刘墉忙把自己打扮成商人模样，带领随从，雇了一游船来到文水漾。文水漾里游船穿梭，人流如织，船上箫鼓弦笙齐鸣，甚是热闹。刘墉兴致大发，叫船慢慢深入，只见沿途一片片荷塘望不到边，一朵朵粉红、雪白的荷花含苞欲放，一阵阵荷香扑鼻而来，令刘墉完全陶醉在这荷花美景之中。正在此时，只听船后一片嘈杂之声，刘墉回头一看，只见几个阔少在游船上对一民女欲行不轨。民女的父亲见小女被人调戏，心压怒火，前去讲理，却被打得鼻青脸肿。刘墉见此火冒三丈，大喝一声：‘住手！’这些阔少听见喊声，循声望去，见是一个干瘪驼背的老头，便嬉笑谩骂刘墉。随从们见刘墉被骂，一时心急，便亮出了身份。几个阔少听闻是声名显赫的刘大人，哪敢再放肆，纷纷跪地求饶。人们惊闻刘墉驾到，又亲眼看见他正直秉公为民，顿生敬意。时近中午，船家邀请刘墉尝尝水乡船菜。刘墉也不客气，道：‘只要有荷塘特色，一味，足矣。’船家是个烹饪高手，于是便做起这‘荷叶粉蒸肉’来，先将洗干净的五花肋肉切成条块状，放入钵内，加酱油、甜面酱、白糖、黄酒等调料腌渍片刻，然后用丁香、桂皮、八角、山柰、粳米、灿米等磨成粉，混合后，加入麻油一起扣入盘内上笼用旺火蒸烂取出，再把洗净的荷叶切成扇面状放入沸水略烫后取出，将蒸好的肉块分别包在每块荷叶中，装盘上笼用旺火再蒸片刻，取下倒出叠成莲蓬状，在表面还嵌上一粒粒青豆或莲子代表莲芯，再用清香新鲜的荷叶包裹精选的清蒸肉块，撒上莲花花瓣点缀荷叶周围。其菜造型绝美，味道清鲜可口。刘墉吃了这道菜，自然大加称赞，并赐名为‘荷叶粉蒸肉’。自此，这道特色菜随着刘墉的赞誉而传遍了西塘，也成了江浙一带大小餐馆夏令季节的特色名菜。”这道菜肴掌故，使我们听得着了迷。服务员说完，我们便一起喊道：“这菜要定了！”然后，我们在服务员的指点下，还点了一道西塘的特产——“六月红”河蟹，以及几样大众菜。

我们虽然都不会喝酒，但还是要了一瓶本地产的黄酒。菜一上桌，大家不客气，说笑着干起了杯。荷叶粉蒸肉清香不腻，酥糯绵甜，果然名不虚传。摆在盘中的那道“六月红”，更是独具一格，一只只金黄、透亮、肥美、壮实的河蟹，煞是令人喜欢，吃在口中味道鲜美。

我们慢慢地饮着酒，嚼着荷叶粉蒸肉，啃着“六月红”河蟹，眺望窗外河道对面的一盏盏渔家灯火，听着远处传来的茶馆人声，完全陶醉在水乡古镇氤氲的水汽中……此时，我不禁想起了魏允贞游岳阳楼的一句诗：“谁为天下士，饮酒楼上头。”可惜，我们都不胜酒力。

张家界小吃惹人馋

一提起张家界，人们首先想到的是那千峰插地、万壑峥嵘的自然景象，那神奇、险峻、原始、清新的山水风光。可是，你知道张家界别具风味的地方小吃吗？真是值得大快朵颐的美味啊！在这里，笔者不妨带你去光顾品尝一番。

张家界是一个多民族的聚居地，因此，这里的小吃，也带着浓浓的民族和地方特色。当你漫步在张家界市区大街小巷的各饮食店、摊前，你定能吃上一种叫“团馓”的糯米馓子。这是当地苗族、土家族、白族和汉族都爱吃的一种特产。它采用地道的上等糯米，经浸泡后（还可加些芝麻、花生米、绿豆之类的食物），放入笼中用旺火蒸熟，然后把蒸熟的糯米倒入一种特制的木板做底、围篾做围的模子内，将其压平，用当地一种农家栽种的紫果制成的水或食用色素在上面画各种吉祥图案，等冷却后扣取出来晒干。晒干后的团馓便于储藏，吃时用油炸酥，外表油光闪亮，油而不腻，香甜脆口，老幼皆宜。

在张家界，与团馓齐名的还有一种叫“炒米”的小吃。它的制作与团馓有类似之处，是将精选的糯米浸泡过滤后，蒸熟倒在竹篾上冷却后用水捏散，晒干成颗粒。吃时，放入锅中拌沙炒，等颗粒膨胀后，用筛子筛出沙子，便成“炒米”。炒米可干食也可用开水加糖或放入甜酒中泡食，其味清香爽口，回味绵绵。

随着旅游业的发展，地方小吃也纷纷登上了商店的柜台，用机械生产，价廉物美、包装精致的团馓和炒米，在张家界的大小商店都有销售。品尝过的游客大都会购买一些带回去让家人、亲朋好友尝尝。

张家界的糍粑也很有特色。这里的土寨苗乡人，普遍流行着一种过年打糍粑的风俗。糍粑形状各异：有方的、有圆的，也有呈菱形的。特色也不一样，有纯糯米做的，也有小米做的；有黏米与糯米拌和做的，也有玉米和糯米拌和做的。此外还有的用黏米与糯米磨成粉，倒入清水中捏成粉团子，放入竹笼中蒸熟，然后嵌入一种刻有图案花纹的木模里，俗称“脱粑”。这里的苗族、土家族、白族同胞，一旦家里有人做生或满十，都要用上几十斤大米，除了在酒席上人人发到之外，还要挨家挨户送到，叫“添寿”，以此庆贺。

张家界的糍粑以个大著称，大的直径约1.5尺以上，特别是每逢春节来临，到农历腊月末，这里的土家族人们家家都要打糯米糍粑。所谓打糯米糍粑，就是把蒸熟的糯米饭放入特制石槽中，然后两人对站，先揉后打，杵成泥状。这是一项劳动强度大的体力活儿，即使是冰雪天也要出身汗。

你要是碰上春夏交接时节到张家界旅游，还能吃上一种美味的沾上山野气味的蒿子粑粑。这里至今还流传着“三月三，蒿子粑粑扎蛇眼”的风俗，即每年农历三月初三这天，张家界索溪峪一带的村民都要进山采摘香蒿（野生草本植物，面绿，叶底微白带绒毛）。他们将香蒿洗净磨碎，拌上糯米粉，用糖或黄豆粉做芯子，做成一个滚圆的粑粑，放到笼中蒸熟，然后将这种又香又甜的粑粑放进田堪、屋角的孔眼里，以此象征着用蒿子粑粑把蛇眼堵塞，不让毒蛇出洞，使人畜免遭其伤害。蒿子粑粑吃起来，不仅香甜可口，而且还具有清热解毒、疏肝明目等作用，实乃独具地方特色的食品。

在张家界，还有一种叫“蓼叶子粑粑”的美食，更令游人称绝。它由糯米粉、黏米粉、红薯干粉、荞麦粉、小麦粉、谷芽粉等多种植物粉拌和，用蓼竹叶或芭蕉叶包成一对一对的圆柱形粑粑蒸制而成。这种粑粑外观油黑透亮，不仅营养价值高，而且吃起来香甜可口，令人久久难忘。

你如果还有兴趣的话，不妨到茶馆去小憩片刻，喝一口浓浓的清茶，解解旅途的疲乏。不论哪家茶馆，这里的服务员总是那样热情周到，定会让你有一种宾至如归的感觉。她们会递给你茶单，供你自由点茶，不过你最好是点一道本地的名茶。著名的有“青岩茗翠”“龙虾花茶”“黄狮寨云雾茶”“天岩毛尖”“索溪毛尖”等。这里的“青岩茗翠”“龙虾花茶”已列为全国名茶。“青岩茗翠”采自海拔1000多米的黄狮寨枇杷界，此地气候温和，常年云雾缭绕，温度适宜，因而茶叶嫩度高，品质好，所含的氨基酸、咖啡因等有效成分高，其外观条索紧结，圆深弯曲，银毫满披，色泽翠绿，香气独特芬芳，滋味醇厚甘甜，汤色绿而明亮，饮后令人心旷神怡。

“龙虾花茶”是以张家界盛产的独特名贵花卉龙虾花为特征，精心选取武陵源风景区的名贵优质茶叶研制而成的一种黄绿茶。从茶叶外形看，条状头大身肥，尾巴弯曲，状如龙虾花。冲泡杯中，香气清高悠长，具有独特的天然花香；汤色橙黄而明澈，滋味浓醇鲜爽，且有特殊韵味；叶底均齐黄亮，饮之香味长久，沁人心脾。

风味独特的邵阳美食

邵阳旧称宝庆，地处湘西南，属丘陵地带，共辖八县二市三区，人口720万，是苗、壮、回、瑶、僮、白等少数民族的聚居地。由于所辖地域宽广，民族众多，各地的风味特色美食，也是多样别致，各呈异彩。现掇拾几样，供大家品味。

武冈熏腊肉

武冈是邵阳管辖的地辖市，此地山清水秀，物产丰富。其“武冈铜鹅”，早已久负盛名，但在这里还有一样能与“武冈铜鹅”齐名的风味特色美食，那就是“武冈熏腊肉”。

武冈熏腊肉不仅腊香味美，而且历史悠久，富有浓厚的地方特色。据《武冈县志》记载：“武冈熏腊肉，约初始于宋朝，其腊香浓郁，嚼味无穷。”

相传，南宋皇帝赵昀，在遥领邵州防御使时，品尝过武冈熏腊肉，食后赞不绝口。1224年他登基后，特赐名武冈熏腊肉为“武香肉”，作为“贡品”，进贡朝廷。

武冈熏腊肉选料讲究，要用乡下熟食喂养的本地东山、宁乡猪，因为这些猪种，成熟早，肉质细腻鲜嫩，味美，瘦肉率高。制作时一般选取猪的前后腿，特别是前胛瘦肉多，肉质松软，可制作上等腊肉。腌制腊肉要在每年天气寒冷的腊月里进行。这样，做成后的腊肉就能久存，不变味。做时，每50公斤肉胚需加精盐3.5公斤，花椒粉100克，50度以上的白酒1.5公斤，并加少许酱油，把肉切成1.5公斤至2.5公斤重的条块，拌好佐料放入瓷缸或木桶里，上盖木板，待一周左右，食盐和花椒味已将肉均匀浸透，就取出来，再用清水漂洗干净，穿绳挂在通风处略微晾干，然后放入自制的烘烤箱，用锯木屑、花生壳或干橘子皮熏烤三至七天，即成为成品。熏烤时，每隔二三小时翻转一次，不能见明火，让香烟慢慢熏烤。这样熏出的腊肉，色泽鲜明，肉呈暗红色，脂肪呈淡黄色透明状，肉质干爽、结实，皮韧而不硬，切面光亮。然后一块块提进厨房，挂在灶台的横梁上，让一日三餐之柴烟继续熏烤，熏烤得越透越干，腊肉就越香，保存期就越长。惊蛰一过，就把腊肉从横梁上取下，窖在谷糠里、柴灰堆里或石灰缸里，以防霉变。

武冈熏腊肉不仅色香味美，而且内含丰富的蛋白质、脂肪、钙、磷、铁等营养成分，能增进食欲。常见做法如：腌菜蒸“武香肉”、萝卜炖“武香肉”、笋炒“武香肉”等。其中冬菇炖“武香肉”、莲藕炖“武香肉”，已成为当地的佳肴。

城步虫茶分外香

虫茶又名入峒茶，产于城步苗族自治县长安横岭峒一带。该地山深林密，地处湘西南海拔1000米的高寒山区，距离邵阳市区300多公里，是最偏僻的一个民族乡。这里生产的虫茶，外形呈颗粒状，黑褐色，色泽油润光滑，有股淡淡的香味；冲泡杯中，清香四溢，滋味醇和回甜，舒适可口。

虫茶不仅能止渴提神，据说还能促消化，治胃病，降血利尿，化痰顺气，解毒消肿，具有一定的医疗价值。清代光绪《城步乡土志》就有记载，这种神奇的山野之茶，距今已有200多年的历史了。

相传，清朝雍正年间（1723—1735），横岭峒一带爆发了由粟贤宇、杨青保领导的苗民起义。朝廷出兵镇压，派驻旗军千余人。少数民族同胞，有的被赶进深山老林，住岩洞，吃野果，野果吃光了，只得采摘一种叫“乌粟梗”的植物的幼嫩枝叶充饥解渴。这种叶子入口中咀嚼，开始又涩又苦，过后又凉又甜，若再喝点水，更觉得神爽腹饱。

从此，每年暮春时节，苗胞们大量采摘这种鲜嫩茎叶，储存起来以度饥荒。数月后，幼嫩枝叶被虫子吃得仅留一些残渣和虫屎。有人试着把虫屎倒入水中，顷刻间，浸泡出一缕缕绯红色的茶汁，清香扑鼻。喝入口中，舒适宜人。于是，苗胞们就开始有意制作虫茶了。

这事，被长安营总兵府的官员们知道了，下令苗胞多制虫茶，并用树皮做成精致漂亮的包装盒，外糊红纸，进贡朝廷。

城步苗族同胞制作虫茶的方法，经代代相传，进化至今日，已形成了一种独特的程序。每年夏至前后，苗胞们到山上把“乌粟梗”的鲜嫩茎叶采回，用清水冲泡后，置开水中烫一下晒干，然后放入一个特制的竹筐里，在约10厘米至12厘米厚时，用手略为压紧，撒上少许的碎米粒，按此种方法连放四五层，挂在通风干燥的地方。不久，这种撒上米粒的“鸟栗極”茎叶，会招来许多蛾科的虫子，虫子在“鸟栗極”中生息繁衍，幼虫一边吃“鸟栗極”茎叶，一边拉出粪便，干了的粪便用筛子筛出来，就是虫茶。

如今，城步虫茶已闻名海内外，成为大家喜爱的土色土香的佳茗了。凡是外地来城步的人，总要买一点带回去，让家里人和亲朋好友尝尝这种奇特的茶。

新邵“三合汤”

“三合汤”又名“汤霸王”，如今是邵阳市各大小酒家正兴起的一道特色风味名汤。最初，流传于紧临邵阳市区的新邵县城、娄底新化一带。该汤呈深棕色，慢慢品味，不但微酸鲜辣，而且清香爽口，喝过之后，令人精神爽快，回味无穷。

据当地人介绍：“三合汤”不仅可以刺激肠胃，增强食欲，促进消化，而且还有去风湿强筋骨等功效。这种“三合汤”问世至今已有150余年的历史。

相传，晚清大臣曾国藩在外国侵略者的支持下，在他老家组建了一支强大的湘军，残酷镇压太平天国革命运动。曾国藩的这支队伍由于长期生活在野外、湖区，士兵中患风湿病的日渐增多，士气低落。于是曾国藩用重金聘请当地名厨，精心调制了去风湿的“三合汤”，作为士兵药膳的菜肴。从此，“三合汤”在湖南一带餐馆流传开来。

“三合汤”选料讲究，制作严格。要选用母黄牛的血，公黄牛的肉，母水牛的肚。调制时要注意火候，母水牛的肚子要能插进筷子，配好后加入当地的土特产——山胡椒油。这样，“三合汤”才具有辣、香之特色，食疗之功效。吃“三合汤”，别有滋味。

澳门，从中餐馆到酒吧

到了澳门，除了观赏优美的自然风光和400多年中西文化交汇留下的众多人文古迹之外，还可以好好地去享受一下澳门的特色美食，泡泡酒吧，品味各种五颜六色的洋酒，欣赏一下外国人的劲歌热舞，感受异域风情，一定让您不虚此行。

澳门素有“娱乐业的天堂”之盛誉。澳门回归后，自由行政策令澳门旅游业、娱乐业找到了更大的发展空间，各种特色酒楼、酒吧也就应运而生，成为澳门丰富多元的旅游文化的另一特色。

那天，我们在黑沙海湾参观完毕，沿着一条道少人稀的僻静街道，走进一条绿荫遮掩的小巷。抬头一看，见是一家“辽扬湘菜酒楼”，门面虽然装潢得不是很豪华，但招牌却是金色的楷书字体，中英文对照，看起来显得格外醒目。步入其内，楼下的餐厅装饰得很别致，墙壁、角落到处挂满了一串串的红辣椒，亮亮的光彩夺目，使人感觉到内地农村淳朴的乡土气息。而摆在柜台的那各式各样、五颜六色的瓶装洋酒，又使人感觉出异域情调。当然，柜台上的酒类自然也少不了五粮液、茅台等高档的名酒。

随行的朋友告诉我，澳门进酒的渠道都很正规，在澳门一般不会出现假酒，一些到澳门旅游的台湾同胞，大都爱买上几瓶内地酒带回去。

餐馆老板是位体态略胖，约年过半百的华人，见我们进来便打着手势，微笑着请我们上楼。他把我们安顿好后，便叫服务员送来了菜谱。翻开菜谱一看，人人惊叹不已：金牌扣肉、参烧蹄筋、扬州狮子头、龙须鳜鱼、宫灯虾仁、清炖鸡孚、蝴蝶鳝片、乘火麒麟、东安仔鸡等各种菜肴就有200余种，且都是正宗的辽菜、淮扬菜、湘菜。我们根据自己喜爱吃的菜，各自点了一道。然后，每人要了一杯法国葡萄酒。我轻轻地饮了一口，这酒有点儿酸，内行的人会知道，这酒是有些年份的好酒，但我觉得还不如青岛葡萄酒。不一会儿，点的菜上了桌。随行的一位朋友为南京人，他点的是一道金陵叉烧鸭，只见这道菜色彩油黄透亮，张开的双翅和两腿似乎还在水中遨游。朋友说，这道菜看起来虽然很简单，但它却汇蒸、烧、烤于一体，如不正宗，吃起来是没那个味道的。于是我们有点迫不及待了。金陵叉烧鸭，吃在口中油而不腻，肉香味鲜，口味隽永。那位朋友连说："确实是很地道的南京味。"其他几位点的菜，味道也非常好。这家酒楼的老板姓张，很健谈，他见我们都从内地而来，便滔滔不绝地说开了。他说他祖籍辽宁，出生地江苏，既能做一手好的辽菜，又能做一手好的淮扬菜；正在厨房忙着的夫人是湖南人，也就自然而然地能做一手好的湘菜。结合两人所长，"辽扬湘菜酒楼"的招牌就由此而来。张老板说，其实，到了澳门，要吃特色风味，还得数葡国餐。在亚洲的各大城市里，只有澳门保存了这么完整的南欧菜肴。他说，澳门的葡国餐，经历了400多年历史，大都吸取了当地的餐饮特点，在流传中演变而成。如酥皮咖啡牛肋骨、马拉盏炒大虾、咖喱烧鳝、香辣烧鸡、烩牛胸、西班牙海鲜饭等，为当地响当当的葡国招牌菜。

高档的、贵族化的葡国酒家，大都选在澳门商业集中、热闹繁华地段。餐馆内外装饰豪华，地面大都铺着名贵的大柚木长板，外墙全部镶着落地式全景玻璃，餐桌上的美味便一目了然。到这些贵族餐馆用葡国餐是要多花钱的，不敢造次，我们只好只吃特色，不吃环境了。第二天，我们便在氹仔岛的一条僻静小巷的一家小酒店吃了一回葡国餐。这家餐馆的老板虽是葡萄牙人，但中文说得很标准。酒店的风格也很中国化。酒类的摆设，除了洋酒，内地酒也不少，茅台酒可以凭杯计费，一杯茅台酒约50毫升，只要35澳元。不多会儿工夫，长条形的方桌上就摆满了海虾、海蟹等海味，加上一些土豆丝、藕丝等蔬菜，不知怎么的被烧得黄里透红，色香味俱全。老板说，葡国菜不像中国菜，烧、蒸、煮、焖、炒等全能用上，他的菜除了一些能油炸的之外，其他的全部是用砂锅煲出来的。没有过多寒暄，大家早已忍耐不住了。用不惯刀叉的我们，纷纷拿着筷子伸向了盘子里的葡国菜。这些取名为葡国鸡、烩牛尾、咖喱蟹的美味佳肴，味道确实非同一般，只是一些调料放得较为浓烈一些，吃起来感到油腻了一点。

酒足饭饱之后，已是晚上8点。于是，大家结伴去酒吧。我们居住在澳门的三星级宾馆——财神大酒店，它就位于澳门新口岸，与澳门码头仅咫尺之距，徒步5分钟可抵著名的葡京娱乐场，这条街上的酒吧，也是鳞次栉比，成了当地很有特色的酒吧一条街。

大多酒吧都挂着切·格瓦拉的头像——头戴黑色贝雷帽、留着连鬓络腮胡子、清瘦的脸庞，与麦当劳的照片一样，成了这条街的时尚符号。这不仅仅是一种时尚的标记，澳门曾和拉美国家一样，受葡萄牙及西班牙文化影响，也有不少澳门青年人认为，切·格瓦拉身上所表现出的理想主义、英雄主义和浪漫主义的精神气质，恰好是今天这个时代极度匮乏的，人们对格瓦拉的颂扬、崇拜和尊敬，也就是对物欲横流的世俗的贬斥、愤恨和反叛。仅从这一点观之，澳门青年的追求还是不俗的。

我们随意选择了一家酒吧，步入其内。只见五彩缤纷的灯光映照着舞台，几位高大、丰满的黑皮肤姑娘正在跳着充满诱惑的草裙舞。旁边的爵士鼓手、键盘手在卖力地敲击和弹奏着各自的乐器。左边的吧台已被各种五颜六色的洋酒所充斥，两位年轻的调酒师忙着调酒，眼光不时地瞟着舞台。

酒吧不是很大，约能容纳50多人。也许是我们去得早的缘故，还有一半的位置正空着。我们随意找了一处坐下，立刻就有一位服务员前来服务。我们叫她为我们各自调一杯鸡尾酒，并要了几样点心。本来我喝不惯那玩意儿，想喝杯绿茶提提神，但还是随了大溜。鸡尾酒是加了碎冰的，喝起来很清凉，有股芒果味，但酒性太烈，想必调酒师用了白兰地或伏尔加之类的烈酒。反正夜不误工，有的是时间，我们只能慢慢地去品味。不一会儿，酒吧里的人就坐满了，来的大都是当地的一些年轻男女，但也有像我们这样的内地游客以及一些外国人。这时，一位来自内地的歌手登台献歌，他唱的是一首腾格尔的《天堂》，唱得声情并茂，有点腾格尔的风格。他唱完后，赢得了在座者的掌声，一位当地姑娘还上台献了一束鲜花。看来内地的歌手去了澳门，哪怕是没有多大的名气，也还是受欢迎的。唱完歌，又是一阵劲舞。这回，跳劲舞的已不是跳草裙舞的黑皮肤的外国姑娘了，而是换成了6位俄罗斯姑娘。在澳门，酒吧与酒吧间的歌手和演员，也和内地的歌舞厅一样，都是互相跑场的。

其实，澳门有名的酒吧挺多，特色多样，一些大酒店本身就设有酒吧式的经营服务，而且很豪华。比如，澳门著名的威斯登酒店，就在三楼设有幽静的阅读室、茶座。电视廊能够容纳70人之多。其室内的装饰设计，糅合了典型的欧洲大陆建筑风格，使宾客仿如置身欧洲，品尝此处之美酒加咖啡及雪茄等，不愧为一种享受。同时，这家酒店拥有醉人的黑沙海湾。坐在宽敞的酒店阳台上，伴着围绕四周的花草树木，海风悠扬吹送，浪声和鸟语，悠游自在地把美景佳酿共品尝，真是醉人心扉。

在澳门比较有名的还有绿宝酒廊、奥斯卡酒吧、180° 空中酒吧等。如果说到酒吧的酒类，较为丰富的要数“聚贤吧”，它位于澳门文华东方酒店大堂后侧，一向是夜生活消遣的好去处，各式酒类和饮料高达200多种，常设驻场外国乐队高歌助兴。酒吧内还有一流且独有的雪茄店、特大投射屏幕。

这些酒吧，作为内地工薪阶层的我们是不敢去消遣娱乐的。但第三天下午，我们还是去了一下澳门著名的“180° 空中酒吧”，它坐落在澳门著名的世界第10高，高度达338米的旅游塔内。这座旅游塔矗立在南湾的新填海区，搭乘塔内子弹头高速升降机只要十几秒钟即可登上第58楼的观光主层，站在这里，就可以饱览澳门、氹仔岛、珠江口以及珠海市的景色，同时这里还设计了一段弧形的特制玻璃地板，立于其上，直接俯视脚下市景，仿若凌空漫步，刺激过瘾；而置于其上的“180° 空中酒吧”也是众多游客首选的休息聚谈之处。酒吧设于旅游塔内的第59层，营业时间一般从中午12点开始一直到第二天凌晨1点。下午时间还有自助式茶点供应。我们去时已近下午5点，酒吧的布置很别致，日间是悠闲咖啡、茶座，晚上便摇身一变为年轻人的消闲场所，如此动静皆宜。酒吧的酒类也很丰富，但我们没有要酒，而是要了几杯绿茶，然后透过落地的玻璃墙将澳门的湖光山色尽收眼底。在这醉人的美景中，我一边坐着慢慢地品茗，一边欣赏悠扬的音乐，既轻松又惬意!

此时，已是落日西沉，华灯初上，我望着五彩缤纷的万千灯火在四周变幻无穷，感受到了澳门美丽夜景的迷人魅力。

桂林街头夜宵摊

去桂林旅游，在畅游奇山丽水之余，不妨也去逛一逛桂林的夜宵摊。它更令人流连忘返。

我们下榻于桂林火车南站附近的一家宾馆。用过晚餐后，大家相约结伴上街看桂林的夜景。正是华灯初上，沿着桂林市最繁华的中山路向北而行，此时，街道两旁便成了一处美食世界。各式敞开的熟食推车，临时摆起的夜宵摊，铁盖的、塑料盖顶的售餐亭，卖烤品的油桶车，以及提篮叫卖的小贩……潮水般地散开在街道两旁的大小角落。夜宵摊位前，各种五颜六色的塑料凳、金属凳，坐着情侣、游人在享受着美食。每个夜宵摊都有数十种的风味小吃，有龙虾、喝螺、桂林米粉、马蹄鸡球、豆腐乳、油爆蕨粑、玉兰片、大肠粉、牛肉丸子、鱼丸子等等，品种繁多，令人惊叹。每一道小吃，都用一个小碟装着，食客无须菜谱，看样点货，一目了然。

桂林的夜色也是迷人的。大街上的人流不亚于白天。我们沿街一家摊位一家摊位地看，不觉来到独秀峰边，一看手表，已是晚上11时。此刻大家被一种种美食所诱惑，顿感肚子饿了。于是，便沿解放路向东而行，在漓江边找了一家夜宵摊坐了下来。我们每人要了一小碗桂林米粉和一碟油爆蕨粑、一杯啤酒，慢慢地品味着、感受着。小碟中的油爆蕨粑，被香油炸得老嫩适中，棕黄透亮，吃入口中油而不腻，一股浓浓的清香，使人神清气爽，回味无穷。蕨粑是由采自当地高寒山区生长的可食的野生植物蕨根加工而成。因蕨的营养价值极高，又生长在无污染的山野之中，近几年已成为备受人们青睐的山珍野味。

在各大小夜宵摊位前，摆放的蕨食品如蕨粑、蕨粉丝、蕨汤圆、蕨饺等，随处可见。至于桂林米粉这道小吃，就像兰州的牛肉面一样有着独具地方风味的魅力，其中以卤味粉为最。

我对桂林米粉是熟悉的，它用大米粉、卤水及牛的内脏等原料，按其烹制和风味，分为卤味粉、生菜粉和马肉米粉三种。这些米粉皆味道鲜美，各具特色。我们吃的卤味粉，精白细嫩，浇上调好的骨头汤、鸡肉汤，加入辣椒油和蒜苗、牛肉丁等，在霓虹灯的映照下，煞是好看，显示出一清、二白、三红、四绿，吃入口中，粉条爽脆、味道鲜美。给我们调味的大婶告诉我，其实，桂林米粉调味是关键，调多调少就没有那个味了。笔者不禁回想当年曾在此附近的一个军营当兵时，每到星期天，我总要邀上几位战友，光顾附近的小吃店吃桂林米粉。那时一大碗米粉只需1角7分钱，老板也不吝啬，桌子上放着辣椒酱、胡椒等调味品，由你自己去调味，我们往往是加上一大匙辣椒酱，吃得个个满头冒汗，一脸的高兴。这种吃法，我吃了4年，原来当时并没有吃出桂林米粉的真正原味。难怪那时小店的老板说我们傻，而我们却像是占了便宜似的。

“味腴酒家”品味腴

岳阳不仅以古迹名楼与湖光山色吸引着古今中外无数的游客，而且还有脍炙人口的名馔佳肴。位于岳阳市中心的“味腴酒家”，富于地方特色，具有独家风味的“味腴”堂菜更是闻名遐迩。

笔者虽经几天尽兴游览，袋中“银两”已所剩无几，但还是经不住它的巨大诱惑，又携妻前往当它一回“孔乙己”。

“味腴酒家”兴业于20世纪30年代，以经营高档堂菜、典雅筵席，辅以汤包烧卖而居岳州四大酒家之冠。现在，这家老店门面华美宏大，别具一格的是店门正中悬挂一方牌，上题“腴者，肥美也，本店菜式味美可口”，使你顿增食欲。入门，一楼全卖面条、汤包、烧卖。二楼经营堂菜，餐厅宽敞明亮。正墙高挂岳阳楼全景大幅工笔画，书有杜甫名诗：“昔闻洞庭水，今上岳阳楼……”地方雅洁，还设有卡拉OK。游客在这里既能欣赏洞庭风光，又可畅饮君山“龟蛇”酒，更有“味腴”堂菜佐餐助兴，还可大展歌喉，其乐无穷。

此时，一位年轻漂亮的餐厅服务员很热情地把我们引到一个靠窗的桌边坐下，随即拿出菜谱，甜甜地说：“两位想用点什么？”我接过菜谱一看，都是些独具一格的岳州特色名菜，如红炖龟肉、清炖水鱼、松鼠鳜鱼、红烧野鸭、奶汤鲫鱼、紫龙裹袍、烹鳅鱼、溜鳝鱼、蝴蝶鳝片、烧鳝桥、炒鳝糊等。妻子手指“紫龙裹袍”不解地问：“这是什么菜？”餐厅服务员忙接过话，如数家珍般很耐心地解释说：“这是我们店里最为驰名的一道菜，俗称松子鳝鱼，它精选锣槌青鳝，又选十分精嫩的眉条肉剁成肉泥，精心调制，形成鳝鱼包肉，摆进腰盘入笼，武火快蒸后取出冷却，再用全蛋糊‘穿衣’，下锅，先在温油中成形后捞起，去掉渣末，然后在滚油锅中炸酥；或加椒盐，或做醋熘。上席时盘边缀以香菜、番茄等时鲜小菜，色彩诱人，宛如一件精美的盆景。入口鱼、肉、蛋三味俱全，外酥内嫩，油而不腻。”想不到一道菜要经这么多的工序，精致而又独特，我和妻子不禁啧啧赞叹。

为了不占用服务员太多的时间，我们点了一道红烧野鸭及糖醋里脊、蘑菇汤。我对服务员说：“野鸭现在属于国家二级保护动物，不能肆意扑杀，哪儿来的呢？”服务员笑着说：“先生放心，这野鸭绝不是洞庭湖上捕杀的，是人工饲养的。”

不一会儿，菜上了桌。野鸭鸭形完整，头部弯曲，两腿平展，色泽油润光滑，栩栩如生。我们各自拿出刀、叉，学着吃起了“西餐”。其香浓醇厚美，风味隽永；其味鲜嫩适口，绵绵盈颊。平时不爱喝酒的我，竟也忍不住要来了两小杯洞庭龟蛇美酒，与妻共饮。

此刻，我真正领略到了“谁为天下士，饮酒楼上头”的情趣了。

我们两口子的说笑吸引了对面桌上的一对外国夫妻，那男的竖着手指朝我们这边比画着，我们明白了他的意思。我告诉他，这是人工饲养的野鸭，味道美极了！外宾一听，忙叫过服务员，也要了这道菜，边吃边朝我们这边竖着拇指，用半生不熟的中文连说：“不错，不错！”

游海岛热带风光　品马来西亚美食

打开世界地图，在位于太平洋和印度洋的交汇处，有一个地理位置非常重要的岛国——马来西亚。这是一个山川秀丽，沿海风光旖旎，充满热带风情的国家。今年夏季，笔者应一家杂志社的邀请参加了由该社组织的赴马来西亚四日游，有幸踏上了这个美丽的国家。漫步在椰风海滩，沉浸在阳光、白沙、绿野、碧海、蓝天之中，一种超凡脱俗的感受使人乐不思归。然而，更使人难忘和回味的，还是那充满异国情调，具有不同民族特色的马来西亚美食。

中央市场夜市的美食世界

早在飞机上，就听一位游人对我说："食在香港和澳门，吃在马来西亚、新加坡"。我想，"食"和"吃"本是同一个概念。香港和澳门素有"美食天堂"的盛誉，这已被大家所公认。可见，马来西亚和新加坡的美食，也并非一般。确实，我们一走下飞机，一步入这个国家，各种独具地方特色的美食，就令人目不暇接。特别是一到夜晚，在首都吉隆坡市，无论是在广场还是在内街和人行道上，都摆满了一张张方桌，有叫卖马来沙嗲、煎馅饼、油炸薯片的，有兜售印度咖喱饭、新加坡炒饭的，有推销美国肯德基炸鸡、德国汉堡的，还有叫卖中国潮州早茶、海南鸡饭、广州脱粉、福建炒面、上海春卷的……叫卖之声一阵接一阵。

导游说，到吉隆坡品味美食，最好是到中央市场，那里环境幽雅，食品既卫生、干净，又大都是现买现卖，保证新鲜。由于我们下榻在吉隆坡市中心的美岛酒店。离中央市场不是很远，所以大家无须坐车，一律步行前往。吉隆坡市是一个名副其实的灯火辉煌的乐园，街道上各种招牌、标示被五颜六色的灯光映照着，显得格外清晰。我们来到市中心的巴生河畔，中央市场就设在这里。市场正门的前方，保存着一辆中国式木制的带弯月形顶篷的牛车，和一间用棕榈叶搭盖的一种马来人居住的老式民居。笔者没有去问导游这是何意，但我想，这也许是一种装饰或者一个民族的象征。中央市场是一个综合性的服务大商场。商场分上下两层，楼下的商店鳞次栉比，以经营马来西亚和东南亚国家的手工艺品为主，也有出售中国的玉雕、瓷器、文房四宝的小店。二楼则是一个大型的美食市场。本地的、泰国的、新加坡的、日本的、法国的、菲律宾的、意大利的、印度的各个国家的各种风味特色美食，应有尽有。在市场里还设有各种饭馆、西餐厅、中国酒楼等。不论是一楼、二楼，室内都安装了中央空调，游人步入其内，处处给人一种清新、凉爽的感觉。来到这个美食世界，不吃点东西，不品味一下气氛，那等于白来。我们找了一处地方分几桌坐下，无须自己点菜，一切自有人安排料理，不一会儿，桌子上被服务员小姐放上了四样食品，每样食品旁均有一块标牌用中英文标示：Satay（沙嗲）、Rojak（马来辣沙拉）、Rendang（椰浆牛肉咖喱）、

Char Kway Teow（炒粿条），然后在每人坐的地方用小碟摆放着香甜的花生酱、辣椒酱、酱油等调味品。沙嗲这道美食，我还是第一次品味。在国内对沙嗲这道美食却早已耳闻，它是马来西亚当地人最受欢迎的美味佳肴。其制作方法，系用切成块并卤上香料的羊肉、牛肉、鸡肉，用细竹签穿起，拿到木炭火上烘烤而成。沙嗲配着当地特产米糕和含有小黄瓜、凤梨及洋葱的生菜沙拉，还可蘸上香甜的花生酱等一起吃。其味道辣而香，甜而爽，令人胃口大开。另外三道，我只知其名、其味，却不知其烹饪方法。于是，四下张望，想找来一位服务员问个明白，但怕语言引起误会，只好放弃。我叫来邻桌导游。导游很是耐心细说，我即拿笔记之。

马来辣沙拉：用凤梨、小黄瓜、豆腐、切碎了的明虾肉及煮好的鸡蛋切丝后制成，在上面淋上花生酱等调味，即可食用。

炒粿条：系用平板米条和切碎了的大蒜一起搅拌后，再加上新鲜的明虾、豆芽和蛋丝，用酱油和辣椒酱调味而成。

椰浆牛肉咖喱：一种需要花长时间烹调的佳肴美味，是用肉、椰子奶、辣椒、洋葱及香料比如肉桂、苜蓿、肉豆蔻等用文火烹调，然后配上米饭、米糕或Lemang（用椰子奶煮成的糯米）即成。

马来辣沙拉，其实并不辣，它的味道就像一道美味的糕点；炒粿条，是一道绝对的美味佳肴，清香浓郁，滋味悠长。

椰浆牛肉咖喱，与上述三道菜相比，相对来说，价格昂贵一些。但在当地却是一种老少皆宜，人人喜爱的大众化食品。味道香甜，而且鲜嫩爽口。据说，长期食用还可内以养生，外以养神。

巴生港的新鲜海鲜

马来西亚面积约33万平方公里，海岸线总长4192公里。优越的地理环境，使这里的渔产非常丰富。各种海鲜，比如鱼、明虾、花枝、龙虾、蟹、鱼翅等可谓琳琅满目。第二天下午我们特意到巴生港游览，真正品味了一番新鲜的海鲜。巴生港距吉隆坡只有45公里。我们坐车不到 1 个小时就到了。这是一个著名的渔港，各大小海鲜酒楼林立，每家酒楼，游客川流不息，生意十分火爆。我们选择在一家靠近海边的酒楼就餐。这家酒楼以绿、蓝色彩为基调，空间舒适，给人相当轻松的气氛。导游介绍说，到巴生港去吃海鲜，游人最感兴趣的还是螃蟹。因为巴生港的螃蟹大而肥美，每只均不少于250克，而且肉质厚度适中，蟹膏丰满，其烹饪大都以焖、蒸为主。将螃蟹洗干净后，灌以高粱酒或米酒，然后加些姜、葱、辣椒丝及当地调味品，放在加盖的锅里焖或蒸10分钟左右即可食用。未等导游说完，点的蒸蟹就上了桌，蟹用一只长方形的大碟塔梯状叠着，一只只肥蟹油红透亮。当打开蟹壳时，只见膏满肉肥，色泽鲜美，香味四溢。吃入口中，那个鲜，那个美，真令人啧啧赞叹。尽管螃蟹鲜伦绝美，但我们还是不敢放开肚量仅吃这一样东西，因为桌上又摆放了剥壳炒龙肉、油爆大虾，此外还有蒸鲳鱼、鱼翅等海鲜美食。剥壳炒龙肉，实际就是把当地每只约500克重的硕大肥美的大龙虾剥壳从中提取鲜嫩的肉质，经过加工，放入各种调味料烹制而成的一道佳肴。至于蒸鲳鱼、鱼翅等美食，同样使我们大快朵颐。

马六甲的肉骨茶

马六甲是马来西亚历史最悠久的古城，始建于1403年。马六甲市位于马六甲海峡北岸，城内以传统建筑最具特色，中国式的住宅也很多。古街仍然保存完好，街道曲折狭窄，房屋参差多样；很多住房的墙上用瓷砖镶着精美的图案，瑞狮门扣，镶龙嵌凤，给人以一种似乎进入了江南水乡古镇的感觉。我们在游览完葡萄牙城山、荷兰红屋等景点后，前往三宝庙游览。半途，大家都坐下来休息，在一处摊点吃了一回肉骨茶。肉骨茶在马来西亚经久不衰。笔者曾在广州、澳门等地品尝过这种中式早茶。但各地的肉骨茶，都有各地的风味。这种肉骨茶是用茶叶、中药材和排骨肉做主料，配以盐、酱油、胡椒、味精等，在锅里烧煮多时，直到茶叶、药材之味渗入排骨肉里，便可上桌了。一位广东游客介绍说，烧煮肉骨茶，宜选用鲜嫩的排骨以及乌龙、铁观音等中国名茶，枸杞、当归、黄芪、淮山药等中草药，但加放配料一定要均匀恰当，烹调火候到位，这样，肉骨茶吃起来才能清香滑嫩，别有一番滋味。导游说，其实，吉隆坡的肉骨茶比马六甲的更为地道，只是大家那几天在吉隆坡实在没有时间一一去品味了。

别具风味的热带水果

在马来西亚，不论你是在吉隆坡、马六甲，还是在槟城、怡保，各种各样的水果充及大小街头，特别是在农贸市场和夜市，各种五颜六色的水果更是堆积如山：榴莲、凤梨、柚子、木瓜、阳桃、红毛丹、芒果、莲雾、西瓜、人参果、椰子、香蕉等等，要不是导游指点，有些水果我还叫不上名字，这些水果大都价格便宜，任游人任意挑选，各摊档经营者都很讲文明，从未发现互相争客的现象。相对来说，这些水果，价格昂贵的还是要数榴莲。榴莲在当地被称作“万果之王”，但笔者闻不了那股气味，导游小姐硬是为我打开一只，要我尝尝，望着那厚实的果肉，看着导游那真诚的目光，我只好硬着头皮吃了一口，不吃不打紧，一吃觉得那味道确实非同一般，就像长沙火宫殿的臭豆腐，外表难看，气味难闻，但味道却鲜美无比。据说，马来西亚人吃榴莲有瘾的，于是就有“脱了纱笼换榴莲”的说法。

当然，笔者最感兴趣的还是马来西亚的阳桃。这种如星状的果实，不仅香甜多汁，而且给人一种清新凉爽的感觉。有资料称，据现代医学研究，阳桃还有降血压、防心血管疾病的功效。在炎炎的夏季，如果天天能够吃上这种美味的水果，也算是一种享受了。

在马来西亚，很有名的水果还有凤梨，该水果主要产于邻近新加坡的新山市，凤梨多汁无渣，味道清爽宜人，并被各大酒家作为沙嗲、椰浆饭、马来辣沙拉等美食的配料。

又食武昌鱼

15年前，父亲出差武汉，带回两条经过加工的真空包装的武昌鱼。那是我第一次吃武昌鱼。当时尽管我觉得武昌鱼味道不错，但现在想起来实际上并没有吃到真正的原味。

这一次，我出差武汉，在市里一家工商所任职的战友特意为我接风洗尘，在一家叫“味美”的餐馆里就餐，使我品尝到了真正新鲜的武昌鱼。

餐馆不大，但很整洁，靠近长江边，尤其是餐馆门前那两个经过精心装饰的偌大玻璃鱼缸格外引人注目。鱼缸里喷射着彩色的水珠，里面放养着鳖、虾、蟹等。战友指着鱼缸里的武昌鱼要我辨别其真假，我感到茫然，难道武昌鱼还有假冒伪劣不成？战友笑着解释说，看来你对武昌鱼还不甚了解。其实，武昌鱼只是鳊鱼的一种，在分类学上叫团头鲂。在同类鱼种中，还有长身鳊、三角鳊，它们合称鳊鱼三姐妹。从整体看，它们的外形都是头小、体宽、两侧扁平，不了解的人，很难识别。团头鳊与另两种是有所不同的是它的体侧轮廓呈菱形，不是椭圆形，口宽，上下颚无角质突起，腹鳍之后才是腹鳞，不是整个腹面皆有，肉体比另两种更厚一些。还有一个显著的特点是腹内无黑膜。因此，只有团头鳊才叫武昌鱼，其他两种都不能算。

战友告诉我，在这里用餐的大都是到武汉出差的外地人，他们都是慕名前来品尝武昌鱼的。经战友一番解释，我不禁怀疑这一桌武昌鱼是否会以假乱真呢？战友似乎看出了我的心思，说："餐馆与餐馆之间竞争很激烈，因此，都很讲信誉；此外，我们工商部门经常监督，绝不允许用其他鳊鱼冒充武昌鱼来哄骗外地顾客。"说着，战友领我在里面的小餐厅找了一张靠窗的桌子坐下。一会儿，服务员小姐端来了清茶，并递上菜谱。我接过菜谱一看，想不到这小小餐馆，仅鱼肴就有红烧乌龟、青豆虾仁、清蒸武昌鱼、烧鳝桥、清蒸水鱼、油炸大蟹等20多种。我点了一个清蒸武昌鱼和一个糖溜野鸭。战友嫌我点得太少，又加了红烧划水鲂、武昌鱼片汤及几道大众化的菜肴。我笑着说："这成了一个武昌鱼全鱼席了。"这时，战友的妻子下了班，领着小孩也来了。大家围坐一桌，说笑着端起了酒杯。清蒸武昌鱼味道鲜美，味醇香烂，且鱼形完整，色泽不变，不愧为湖北的传统名菜。至于战友点的那盘红烧划水鲂更是清香扑鼻，不仅鱼肉鲜嫩，而且味道浓醇厚美，撒上辣椒和葱花，使人食欲大增。战友的妻子告诉我，这是他们武汉人人都会做的一道名菜。做时，只需用少量油滑锅，将盐、姜、酱油、白糖等调料和水同时下锅，盖严锅盖，用旺火烧它5~6分钟，起锅时浇上薄芡，淋入熟油即成菜。成菜速度快，且本味特别浓。

我们边吃边谈，小小的餐桌上，充满了一股浓浓的鱼香，洋溢着战友久别重逢时的喜悦。战友还饶有兴趣地告诉我，武昌鱼又叫樊口鳊鱼，它并不产于今天的武昌，而是产在三国时的武昌，即距现在武昌60多公里的鄂州市。春秋时期，该县为楚鄂王封地，秦设鄂县，汉袭旧名。公元221年，吴国孙权自公安迁鄂县，取"以武而昌"之义，改为武昌县。吴国最后一代皇帝孙皓要从建邺（南京）迁都武昌（鄂城），左丞相陆凯上前劝阻，曾引民谣：“宁饮建业水，不食武昌鱼。”樊口鳊鱼从此以武昌鱼的名称传世。毛泽东同志巧妙地把这两句童谣改变成“才饮长沙水，又食武昌鱼”的名句，从而使武昌鱼的声名远播。不过，就武昌鱼的食文化历史来说，还要追溯到2000年前。据《诗经·陈风·衡门》记载：“岂其食鱼，必河之鲂？岂其娶妻，必齐之姜？岂其食鱼，必河之鲤？岂其娶妻，必宋之子？”诗中把当时长江的武昌鱼和黄河的鲤鱼作为齐姜宋女的比喻，可见当时的人对武昌鱼的重视。当然，更重要的还是武昌鱼自身的营养价值，它是高蛋白、高脂肪鱼种，含有多种人体必需的氨基酸、维生素和微量元素，是珍贵的滋补营养品种。至于武昌鱼为何叫樊口鳊鱼，这是因为鄂城梁子河北通长江的一条水道叫樊口，长江的水通过樊口涌入湖内，武昌鱼随着江水来到湖里繁衍生息，到了枯水季节，武昌鱼又随着湖水泄入长江河槽深处过冬。这样，武昌鱼往返于樊口，因此人们叫它樊口鳊鱼。

悠悠蕨香

今天，我们采食蕨，只是把它当作一种绿色食品来品尝，很少有人想到在困难的年月里，蕨还是人们度荒的食物。我的老家在湘西南的一个偏僻山野之处，在20世纪六七十年代，物资匮乏，缺衣少食，每到青黄不接的春荒时节，父老乡亲们就会涌进深山沟壑去采集蕨菜、挖蕨根，用蕨菜填补肚皮。于是，在当时，蕨就成了我们那个边远山区山民们赖以生存的救命粮。

每当初春，是采蕨菜的最佳时节，蓬勃生长的蕨菜，装点着人们的心情。这时候我的母亲就会带着我们兄弟姊妹几个上山去采蕨。由于进山采蕨的村民很多，为了采到好蕨，母亲常常带我们翻山越岭到偏远潮湿的阴山地带去采摘，因为那些地方蕨多且蕨茎粗壮，去采摘的人也很少。蕨菜分绿蕨和紫蕨两种，但母亲一般不要我们采绿蕨，因为绿蕨茎细肉薄，营养不及紫蕨好。紫蕨紫黑，茎壮肉厚，俗名为“龙爪”“猫卷”“脚基苔”，又名拳头菜、龙头菜、长寿菜等。母亲个儿不是很高，但最能吃苦，也很能干，每次采蕨，我们兄弟姊妹几个合起来也采不了她那么多，且母亲采的蕨，都是茎壮肉厚的头等蕨。现在我仍然能够回想起母亲当时带我们采蕨时的样子，背着背篓的母亲穿着那件不知穿过了多少年的桃红色外衣，在植物茂盛、青翠欲滴的山坡上就像被风刮着的杜鹃花一样不停地跃动着的身影。

其实进山采蕨也是有危险的，比如有毒蛇等，要是不小心碰到了黄蜂窝，那就不得了，那蜂就会跟着你追，母亲一再叮嘱我们，要是不小心碰到这种情况，千万不能跑，一跑蜂们就会随风紧追你，甚至能把人蜇死。唯一的办法就是赶紧伏到地上装死不动。

蕨菜采回家后，必须及时把它处理完，不然的话，就容易变质坏掉。这时，母亲就会把蕨菜按蕨的茎壮肉厚程度，分成三个级别。一等蕨为蕨中上品，一般选出来是现做现吃的。这种蕨菜一旦被母亲做出来端上餐桌，那真是极好的人间美食。记得母亲做这道蕨菜时，把蕨菜洗净，放进烧沸的水里焯一遍，但焯的时间不能太长，主要是为了去掉土腥味，焯久了，蕨菜的营养会流失，且做出来时蕨菜就不那么脆了。从沸水中捞起蕨菜后，把它切成小段用碗装好，然后在油锅里放一小匙自家坛子里腌渍的剁辣椒拌炒一至两个来回，倒入蕨菜，八成熟时，加盐和少许味精。起锅时蕨菜已呈一种暗褐色了，端上桌子用筷子夹一节放入口中，那真是鲜嫩滑爽，香味悠长。要是有腊肉放在一起炒制，那个味儿就更不用说了。往往母亲把蕨菜炒好端上餐桌时，就会在吃饭的堂屋（餐厅）里叫一声："开饭了，吃长寿菜啦！"每当这时，我们兄弟姊妹几个也会跟着附和："吃长寿菜了，吃长寿菜了！"

二等蕨，母亲一般是用来腌渍的，腌渍的蕨做菜其实也是很好吃的。蕨菜洗净后也要放入沸水中焯一遍，然后捞出来晾干水分，再储入坛子里。

这种腌渍过的蕨菜如果用来做凉拌蕨菜是最合适不过的了。做这种凉拌蕨菜，最好是不要腌渍过久，制作时配以精盐、味精、酱油、醋、白糖、麻油，略微过火制成。每当酷暑时节，母亲常给我们做这一道菜下饭，它具有清热、滑肠、降气、化痰等功效，对于食嗝、气嗝、肠风热毒等病症据说也有一定疗效。还有一道“腌酸蕨菜”，我也是印象很深的，母亲做时特别的细致，制作时先将嫩蕨芽洗净，去毛茸叶苞，放入烧开的清水浸透，捞出晒3小时，使之变软，然后切成小段；用精盐拌腌，装泡坛中，待发酵变酸后即可；食用时拌姜汁、味精、香麻油。其味道清脆爽口，有清热化痰、降血压的功用。

三等蕨，制作时用沸水烫后晒干即成。吃时用温水泡发，再烹制成各种美味菜肴。我记得母亲做的一道“肉丝豆干蕨菜”，现在想起还有点馋。这道蕨菜，是用熟肉丝、豆腐干、青辣椒，配以精盐、味精、酱油、麻油制成的。吃在口中肉鲜蕨香，还有一股微微的辣味直入口中。但在那时，如果能吃上母亲做的这样的蕨菜食品，一年也难得有一次的。大多是用蕨菜当饭度饥荒，但我那伟大的母亲却常常用蕨菜弄出很多花样，哪怕是没有油放的时候，我们也能吃得下。母亲就要我们几个尽量多吃菜，少吃饭，因为那时粮食总是不够吃，加上我们又正是长身体的时候，吃得多，就只好多吃蕨菜了。

到了每年冬季，母亲常常又会带我们上山采挖蕨根。母亲挖蕨根一般都是到那些蕨苗集中且有一定密度的地方找根粗的蕨采挖，稀疏单独的蕨根，哪怕它根再粗，母亲也是从来不去动它的。她告诉我们不要只图一时的那点利，留着独根让它长根分枝。母亲说，挖蕨根最好是在每年立冬至春分前进行，此时蕨根的淀粉含量最高。蕨根挖回家，也像鲜嫩的蕨菜一样，要及时处理，尽快加工，不然容易霉变。我们兄弟姊妹几个常帮母亲加工蕨粉。我们先把挖回的根茎装篓放入房门前的一条小溪里，浸泡片刻后，用清水冲洗掉泥沙杂质，刮除表皮。然后，把洗净的蕨根背回家，用刀子将根茎切成7~10厘米长的小段，再用篓装满放在溪流旁的活水中浸泡两天后捞起。那时我们的村子还不通电，加工时也就没有碎浆机之类的机械加工，全靠人工用石臼捣烂。然后，母亲带我们把捣烂的蕨装入布袋，在盛有清水的木桶中揉搓，洗尽淀粉，将缸中粉浆用纱布过滤出渣滓。要是晚上忙这件事，我们大家都会帮忙，把过滤后的粉浆再次放进沉淀的木桶里，加入微量明矾溶液搅匀，让其自然沉淀后，排去清水，即得湿蕨根淀粉。为了便于贮存，必须将沉淀桶内的湿淀粉取出晒至粉状。要是碰上阴雨天，母亲就会把它放入火炉旁高温烘干，即成蕨根淀粉。冷却后，包装贮存即可。有了它，就能制作出花样百出的蕨食品，比如蕨粑粉、蕨粑、蕨馍、蕨饺、蕨汤圆等等；食法也多样，蒸、炸、爆、酥、煮……味道清香可口，各具特色。

最使我难忘的还是母亲为我们做的蕨粑粉丝，因为每年母亲带我们挖回的蕨根挺多，加工的蕨粉也多。母亲就常常拿一部分蕨粉，进行另一道加工：制成蕨粉丝。它的制作方法也很简单：用一只大铁锅，斟入清水煮沸，按每500克蕨粉加水50克，明矾4克至5克的比例，把蕨粉充分拌和揉搓成团，放入一个钻有孔的木瓢内，然后用手背不停地捶打木瓢内的蕨粑，使其细细流入锅内的沸水中，约一分钟左右，一根根酱红色的蕨粉丝上浮水面，用网勺或竹筷捞出放入清水中冷浸，便成了蕨粑粉丝。

饥荒的时候，蕨粑粉丝就成了我们兄弟姊妹几个吃不腻的早餐。那时，每当我们早晨帮父母做完事回家，背着书包上学之前，母亲就会在桌上每人摆上一碗，伴着剁辣椒和蒜醋，散发清香的棕紫色蕨粑粉丝。我们痛快地大口吃着那鲜味中夹带一点点清苦的蕨粑粉丝，母亲就在一旁看着我们，见我们吃得欢，就故意地问："好吃吗？"这时，我们就齐声答："好吃！"母亲会爽快地笑，说："好吃，明天再做给你们吃！"

一晃30多年过去了，现在想起来，那淡淡的蕨香还浸润齿间。

游梦中山水　品桂林美食

“洋人街”是广西桂林阳朔县城一条具有悠久历史的街。当地人原先称它为西街，后来外国人来得多了，大家就叫它“洋人街”。这条带着现代气息又充满着异国情调的风情古街，成为吸引中外游客的一大亮点。

那天，我们一行数人，从桂林坐游船沿漓江而下，饱览了漓江两岸瑰丽的风光之后，踏上了古镇的这条街道。古街建于距今1400多年前的隋开皇十年（590年）。街道全是青石板铺就，小巷纵横交错；房屋高低错落有致，青砖碧瓦，飞檐斗拱；雅致精巧的门窗花雕，处处透出当年的辉煌。如今，这条古街更加繁荣。据陪同的李小姐介绍，这条街全长517米，宽8米，各种酒店、酒吧、餐馆、小吃店、咖啡厅和工艺店等，总数达到了1000余家。沿街经过，只见各大小店铺的招牌全是中英文书写。街道上不同肤色的外国人来来往往。街道两旁到处是各种地方风味小吃的摊担、摊位。桂林米粉、阳朔嗬螺、虾饺、山水豆腐等小吃随处可见。一群外国人对中国的烤红薯似乎格外感兴趣，正围着一位卖烤红薯的小伙子讨价还价，然后一人买上一个，津津有味地边走边吃。我们被李小姐领进一家小餐馆就餐。李小姐说，这餐馆的喝螺很地道，价格也合理，她来过多次。她还说：“餐馆的地势较高，坐在大厅里能够看到四周美丽的景色。”这是一家用英文标为“姐妹酒家”的小餐馆，里面的大厅虽然不是很宽大，但显得干净整洁。旁边精心地设计了一个酒柜，酒柜很别致，是用圆形的实木制作，圆弧形的顶上雕刻着一些欧式的古老图案，酒台下方是用青褐色的砖块垒砌而成，看上去就像一个吧台。上面摆满了各种高档酒，洋酒大都以“色”为主调，比如葡萄酒、威士忌、香槟等，国内的高档酒以白酒为主，比如五粮液、茅台、桂林三花酒等，当然，这里摆得最多的、喝得最多的还是各种牌子的啤酒。

在此用餐的游客很多。我们三人走进去，很难找出一张空闲的桌子。店老板只好安排我们与一对年轻的外国夫妇共用一张桌。

在这里用餐的外国人也不少，看着邻近的那几桌外国人，虽然饭菜吃得差不多了，但手里还是端着啤酒杯不肯走。李小姐说，这些外国人非常节俭，如果不吃光自己所点的东西，是不会离开的。确实，邻桌的一位外国老妇，就正指着盘中仅有的两块油炸香芋，向她的丈夫发着指令：“吃光、吃光。”其实，外国人的这种节俭，也是值得我们提倡的。

我们只是吃顿便餐，就只点了一个以田螺为原料的喝螺、肉螺和油爆鳝鱼，然后每人要了一杯啤酒。我发现，在这里用餐的不管是外国人还是国内游客，大家清一色都喝啤酒。我心想，难道酒柜上那些高档酒只是一种摆设？后来李小姐告诉我，那些酒一般到了晚上销路还是好的，因为这样的小餐馆，到了晚上只要略微布置一下，放些轻音乐，就可当作一个小酒吧。

不一会儿，喝螺端上来了。这里的喝螺壳青个大，盛喝螺的是一个浅底四方形的瓷盆。喝螺被汤汁淹没其身，微微震动，汤汁荡漾，喝螺沉浮，上面撒些姜丝和葱花，看上去就像一只只田螺在田中游动，又像是大海中一块块时隐时现的岛屿。举筷夹过一只，送进嘴边，轻轻一喝，螺肉就像离弦的箭，直往里送，细细品味，那股甜甜的鲜味和那一点微微的鲜辣使人食欲大增。我们一边品味着喝螺，一边饮着啤酒，一边眺望窗外秀丽的景色。只见美丽的漓江，似少女挥舞着的青罗玉带，从"洋人街"的东面飘飘而过，东岭朝霞、书童独秀、龙头山、西郎山、马鞍山、碧莲峰似万朵莲花簇拥着这条古香古色的街道。品味着美食，看着窗外秀丽的景色，李小姐告诉我，如今这小镇已有100多对中外青年结成了美满的异国情缘，举家来这里居住的"老外"就有好几对呢？我顿有所悟，难怪在街道上看到好几家店里，竟有"老外"在端菜送饭，我还以为是来此打工的，原来也成了这里的主人啊！

店老板是一位地道的桂林妹，扎着刘三姐式的蓝布围兜，风风火火地端着另一道菜上了桌，我一看觉得不对，心想，肉螺应该是炒着的螺肉，而这肉螺，只是少了汤汁怎么与刚才上的喝螺一个模样。李小姐见我诧异，便说："这肉螺吃的是带田螺壳的猪肉。其烹饪方法，先将螺汁留在螺壳内，然后把猪肉剁成肉泥状，加入酱油、葱、姜等调料，塞入螺壳内烹调而成。"这种螺肉我还是第一次碰到，不禁举箸品味，顿觉螺有肉味，肉存螺鲜，不失为一道独具地方特色的美食。同桌的那对年轻的外国夫妇见我们很内行地吃得有滋有味，便打着手势，叫来店老板，然后指着我们点的喝螺和肉螺比画着。店老板马上明白其意，想不到竟用英语立刻回答道："一会儿就到，一会儿就到！"李小姐告诉我，这里做生意的老板大都会讲英语，就连老人、小孩也能与外国人说几句问候的话。我们结过账准备离去。还在品味喝螺美味的那对年轻的外国夫妇向我们伸出大拇指，用英语直夸："你们中国人真会吃！你们中国人真会吃！"

吃过饭，在李小姐带领下，我们到附近的一些景点转了转，返回时已是华灯初上了。

入夜的西街真是一个欢乐的地方，很有些异国情调。灯红酒绿，慕名而来的中外游客把西街堵得水泄不通。我们只好随着人流寻找落脚点。

西街以街头酒吧而闻名。整条街上，挂着各种牌子的酒吧和咖啡屋比比皆是，比如：丰吧、牛头吧、四海酒吧、可可酒吧、KISS吧、SOLO吧、西街坊餐厅酒吧、地球村等等，据李小姐介绍，光是外国人在此开设的酒吧就有六七家。

于是，在她的带领下，我们在西街靠河之处，选择了一家外国人开的洋酒吧。酒吧临街，门却开在一侧的弄堂里，外墙上刷着橘红色的涂料，与街道夜晚的霓虹灯光相得益彰。走近，感到温暖而亲切。

这家酒吧的面积不大，约能容纳30来人。从门廊沿着弧形的吧台进入表演区，周围环境典雅，红棕色的樟木圆桌和地板、吧台格调统一。没有多余的布置，一切恰到好处。

其实洋酒吧并不洋。虽是外国人开的酒吧，但在酒吧服务的大都是本地人。酒吧里全部的座椅都是中国式的光滑得放亮的圆形木制沙发，坐起来特别舒服。台面上，配以蓝白相间的蜡染台布，配合若隐若现又无处不在的橘黄色灯光形成了这里最大的特色。这种布置与其他酒吧的布置并无两样，只是在室内装饰上，有一点点西化。比如，昏黄的壁灯、仿真的墙画、餐馆的一角还有供人把玩的镖靶。原来中西合璧如此和谐。

吧台摆放的酒大都为洋酒，其次是啤酒。吧台边摆放着一个大大的木制啤酒桶，啤酒无须凭杯计费，只要不喝其他高档的饮料，一个晚上下来，是消费不了多少“银两”的。

在这里泡吧的以外国人居多，我们一进门，里面有六七成都是外国人。

据说很多“老外”是这家酒吧的常客。

已经没有好的位置可选了，我们只好各自找一个位置坐了下来。这是一家清吧，除了有乐队表演助兴外，主要以喝酒听音乐为主。“老外”们喝的大都是啤酒，也有喝威士忌、香槟的。在这里灌满你耳朵的是爵士、乡村及 R & B 等音乐。

我们在酒吧待的时间并不长，因酒吧的啤酒杯子做得特别大，只好两人共喝了一杯啤酒就走出来了。

西街的夜景是很迷人的。灯光把整条街照得通明，霓虹灯交织着大红灯笼，有种迷离的感觉。一到夜晚，这里的居民都会把椅子和桌子摆在街道的空隙处，三三两两的游人随便就能找个地方坐下，要扎啤酒，坐下来慢慢浅酌……感受西街的夜色美景，不用去泡酒吧，也会有一种意想不到的感受。

第四辑

上下古今

文渊学海探骊人

初夏渐炎，三径葱茏。

轻轻敲开门，走进中国银行隆回支行行长办公室，抬头便看见“中庸之道”四个大字，房间里充溢着一股浓浓的文化气息。一位儒雅的中年人正坐在电脑前，那双睿智的眼睛盯着显示屏，手指正在不停地敲击着键盘……

这个颇具学者风度的男子就是“湖湘楹联七子”之一、中国楹联最高奖“梁章钜奖”获得者邹宗德先生，他是该行行长。同时，他身兼中国楹联学会理事，学术委员会委员、副主任，湖南省楹联家协会副主席，邵阳市楹联学会会长等社会职务。

此时的他正利用午休的时间，为一家报社给他开辟的专栏撰稿。

一代才情学养兼具的楹联家

一个肩负使命的人，必懂得登高才能博见的道理；一个深谙登高博见道理的人，必会有强烈的求知欲望；一个具备求知欲望的人，必能达到积跬步至千里、积小流成江河的境界。邹宗德就是这样一个人。他出生在湖南省隆回县司门前镇的一个小山村，这是一个山清水秀、人杰地灵的地方。清代著名启蒙思想家、文学家，近代中国“睁眼看世界”的先行者魏源，晚清政治、军事、外交上的重要历史人物魏光焘以及毛泽东主席的老师孙俍工等，均出生于此地。邹宗德的母亲即是魏源的第六代侄孙女，80年前，她老人家诞生于现在的魏源故居。清末民国时期，此地就涌现过一大批楹联高手。受环境的熏陶，邹宗德从中学时代起就迷上了对联。为了掌握对联写作知识，他攻读了大量的古典文学作品和对联书籍，鉴赏了一大批先辈留下来的对联佳作和评价文章。进入大学后，他更是对楹联情有独钟。1988年，他加入中国楹联学会时只有24岁，是当时楹联界最年轻的会员。

邹宗德虽然供职于银行，从事经济金融工作，却是一个真正的文化“耕耘者”，在他家四壁皆书的书房里，笔者看到的是他那种对楹联文化的热爱和执着。这些年来，他发表各类作品1200多篇，其中楹联作品800余副。他的楹联艺术，以学养和才气冲破前人藩篱，独树一帜。他发表的800多副楹联，有的雄浑劲健，气势磅礴；有的深沉隽永，雅兴融融；有的既雅且谐，生动活泼；有的构思精巧，心裁别出。细细品之，令人拍案称绝！他创作的名联《题韶山》收入《古今名联选辑》等50多种书籍中，其联曰：“韶光随水逝，山色逐春来。”许多名胜景点都悬挂了他的对联。2002年4月26日《湖南日报》刊载《长沙茶馆联》一文中有这样一段话：“……但印象最深的要数白沙井公园白沙茶艺馆的门联：‘一园月色和茶煮，万古泉声带韵流。’此联结构、对仗、音调、意境俱佳，有声有色。”这副对联就是邹宗德的。由于没有署名，早两年湖南电视台都市频道做节目《寻找长沙市的古楹联》时，竟把它当成了古人的作品。他题岳麓山临水阁联获得首届中国百诗百联大赛第九名。《连城联话》评价说："……如邹宗德先生题岳麓山穿石坡临水阁联'名茶雪煮香穿石，大麓云飘醉入壶'就是一副隐逸淋漓之画。"井冈山大学中文系教授李争光先生研究邹宗德楹联的长篇论文曾发表于《重庆社会科学》《井冈山大学学报》《邵阳学院学报》等社科刊物。原邵阳市文化局局长、著名文艺评论家刘宝田的论文《邹宗德楹联的人文意蕴》也发表在10多家媒体上，引起广泛关注。

邹宗德不仅是一位楹联创作家，也是一位楹联理论家。20世纪末他就公开出版了对联理论著作《对联散论》。他早年发表的《对联中几种特殊的对仗形式》为楹联理论家们广泛引用，被广大楹联爱好者奉为创作的圭臬。他是研究车万育《声律启蒙》第一人，他收藏的《声律启蒙》古代版本就有10多个。最近他在湖北恩施参加了第四届楹联文化研讨会，他在会上的发言被媒体广泛报道。他和刘宝田先生合著的论文《楹联，下一个文学高峰》在会上引起轰动，得到了中国楹联学会孟繁锦会长的高度评价，并写入了这次会议的会议纪要，全国媒体纷纷转载。

邹宗德说："让健康的楹联文化为社会服务，这是我的一贯追求。"他在银行工作，先后担任过分行办公室副主任、监察室主任、支行行长、分行综合办公室主任等职务，经常用楹联为银行开展的活动进行宣传。他可能是银行业批量印制春联送客户的始作俑者。长城信用卡在邵阳推出3周年时，他就在全国开展了信用卡征联活动，也是最早的银行产品征联活动。2000年，邹宗德在隆回支行当行长时，他以对联为纽带，融洽银企关系，促进存款增长，让对联这朵艺术奇葩在该行业务中发挥了神奇的作用。至今还流传着"一联引存100万"的佳话。《湖南日报》曾以《银行行长的对联效应》为题进行了报道。调回市分行后，他又开展了"携手中行，共赢奥运"全国征联活动。随着邹宗德的名气越来越大，领导把他当作一张文化名片，带着他去客户营销。他的作品成了省、市分行赠送大客户的文化礼品，为中国银行的企业文化增添了光彩。最近，他又发现了100年前中国银行成立时的一副楹联，写成一篇赏析文章，发表在《中行职工》上。

一代深厚广博的乡土学者

“门垂碧柳□□，宅近青山□□。”这是城步儒林镇岩底菜园冲一座老宅槽门两旁大青石上刻着的一副隐字联。100多年来，不知有多少人见过它，读过它，却没有人对出空缺的4个字，也没有人诠释出它的真正含义。1995年，当时的邵阳市委副书记肖尊国到该村考察时，发现了这副对联。邹宗德听到这一消息，以其特有的敏感，立刻就意识到了它的特殊价值。于是，他便到实地考证，迅速将自己对该联所隐之字的认识，在《中国楹联报》撰文阐述。谁知一石激起千层浪，全国各地的稿件如雪片般飞来，《中国楹联报》为此开辟《百家争鸣》专栏，各种观点“百花齐放”。《羊城晚报》《文汇报》等40多家新闻媒体发表了关于这副隐字联的报道或争鸣文章。《文萃周报》等报整版全文转载，邹宗德成了这些报道和争鸣文章的焦点人物。《文萃周报》第二次转载的标题是:《隐字联最新考证，邹宗德仍持己见》。

一时间，一副民宅古联闹得国内联坛沸沸扬扬。同时，也给当地带来良好的社会效益和经济效益。如今到城步的人都有一个意愿，那就是去看看那副隐字联。现在，这里已成为省级文物保护单位。2011年，邹宗德将这些争鸣文章结集成《城步隐字联探秘》一书出版，为城步55周年县庆献上了一份珍贵的礼物。

很多这样的事告诉我们：珍宝就在身边，然而它们稍纵即逝，许多不为人知的历史文化还隐藏在乡土之间，等待着邹宗德这样的有志者和有心人来拂去其上的尘土，发现它的价值。邹宗德在撰写《邵阳日报》《水府品联》专栏稿时，发现了妈祖的祖先曾在邵阳当过刺史，这是对邵阳乡土文化的一个重大发现。他还发现了纪晓岚的《阅微草堂笔记》中有关于邵阳的联语记载。世传滕王阁一副名联的作者为刘坤一，邹宗德进行了订正，以确凿的证据证明是另一邵阳人肖光南；咸丰皇帝挽邹汉勋的挽联，世人多有疑惑，他以充分的理由予以确认。他把邵阳一些深奥的文化，以通俗的语言介绍给了广大的读者。《水府品联》文章每周一篇，一直发了两年多，为《邵阳日报》前所未有。读者毫无厌倦之情，好评如潮。

2005年，邹宗德听说武冈的双牌乡浪石村有一个古建筑群，于是立即前往考察。邹宗德发现这里每座房屋的角门石枋上都刻有楹联。这些楹联，使整个村落散发出浓郁的书香人文气息。邹宗德见多识广，对全国的古楹联了如指掌，他明白在全国尚未发现规模如此之大、保存如此完好的石刻古楹联村，这里应当是名副其实的中国古楹联第一村。在他的努力之下，促成武冈市政府向中国楹联学会申报“中国第一古楹联村”，后来中国楹联学会相关领导批准该村为“中国第一古楹联村”。武冈市政府为了表达对他的感谢，特意授予他武冈市“荣誉市民”的光荣称号，浪石村也授予他“荣誉村民”的称号。

2009年，邹宗德又在湖南新田发现了一个古楹联村——龙家大院，他在《中国楹联报》等媒体撰文向外界推介，在全国引起很大反响。为此，邹宗德被评为中国联坛“十大新闻人物”。

今年，江西吉安又邀请他前往考察庐陵文化第一村——渼陂古村，他写了2500多字的推介文章《江西又现古楹联村》，发表于楹联界的各大媒体，吉安方面连连向他表示谢意。

一代传统文化的执着传播者

邹宗德是邵阳市政协委员，他撰写提案呼吁保护地方文化遗产，加强旅游景点的文化建设。作为政协委员和文艺团体的负责人，邹宗德自觉地肩负起寻找和发掘、研究、保护及弘扬地方文化的使命。这些年来，他已拥有了一份厚重的“科研成果”。

他参加了《花卉鉴赏辞典》和《湖湘文库·湖南楹联》等书籍的著述。主编出版了《学生文学作品选优与评点》《邵阳当代诗联选》等书籍和《对联》杂志。专著《对联散论》被湖南图书馆名人资料中心收藏。其楹联作品收入《绝妙好联鉴赏辞典》《分类名联鉴赏辞典》等100多种书籍中，部分作品勒石悬挂于全国20余处风景名胜点。其作品结集为《百家联稿·邹宗德卷》（中国楹联学会主编）、《湖湘楹联七子作品集》、《邹曾联墨》等。其著作和论文从新角度和新视野，对一些问题的思考达到了宽领域、深层次，使一些研究理论做到了科学化、体系化，取得了不少新成果，成就了他在地方文化研究领域的实力派地位。

从2005年开始，邹宗德在《邵阳晚报》主持两周一期的《对联联赛》栏目，这是目前全国各级党报中唯一一个“对句”栏目，至今已开办了130余期，吸引全国乃至美国、加拿大、泰国等国家上万人参加。他对邵阳楹联文化的研究成果，从2011年5月开始在邵阳电视台《开讲邵阳》栏目中播出，以7万余字共12讲全面系统介绍了邵阳的楹联文化。2011年初，

《邵阳日报》又为他开辟《水府品联》专栏，品评邵阳的历代名联，已刊出90余期，近20万字。

作为邵阳市楹联协会会长，邹宗德承担了协会的大量工作。他参与组织了8次征联活动，《邵阳楹联》杂志已经出版了24辑。为了培养楹联作者，壮大创作队伍，他对楹联爱好者的请教有求必应，并经常应邀到各地讲学，传播楹联文化，培养楹联人才，经他引导走上楹联创作道路的年轻作者如今已遍布城乡，有一些人已成为楹联队伍中的骨干力量。

邹宗德还是一位楹联活动家。邵阳市楹联学会能够搞得红红火火，誉享省内外，与他的活动能力是分不开的。他组织的各种活动影响都很广泛。去年，由他策划的“湖湘楹联七子湖湘行”活动被评为《中华楹联报》2012年度十大新闻之一。

“一枝独放不是春，万紫千红春满园。”邹宗德这种为文化事业无私奉献的精神与毅力一直为联坛诗友所钦敬。邹宗德对楹联事业和文化传承所做出的突出贡献也受到了大家的充分肯定，2000年他被邵阳市评为“十大杰出青年”，并被市政府记二等功，2002年获中国银行总行“十大杰出青年”提名，2012年荣获邵阳市首届文学艺术突出贡献奖。

2014年9月19日至21日，中国楹联学会第七次代表大会在广东观音山国家森林公园召开。中国楹联学会鉴于邹宗德在楹联创作、理论、教育、活动和遗产发掘等方面做出的重要贡献，授予他中国楹联最高奖——“梁章钜奖”。梁章钜奖是以清代著名楹联家名字命名的、由中国楹联学会评审颁发的中国楹联最高奖。邹宗德是继我省余德泉教授2007年获得该奖后的又一人，也是最年轻的获奖者。在颁奖大会上，邹宗德作为唯一的获奖代表在会上作了精彩的发言，赢得了与会代表的阵阵掌声，得到了中国楹联学会会长的高度赞赏。在领导班子改选中，他还被选为中国楹联学会常务理事。他的发言稿被《中国楹联报》等多家媒体发表。2014年12月，中国楹联学会成立30周年大会在北京举行，邹宗德又被中国楹联学会授予“中国联坛十秀”称号，跻身全国十大优秀楹联家行列，这是中国楹联学会第二次颁发这一荣誉称号，第一次颁发是在1994年，已整整相隔20年了，可见这一荣誉称号沉甸甸的分量。邹宗德不仅为邵阳人争了光，也为湖南人争了光。

侗族歌手王馨：用歌声为人生架起美丽的彩虹

侗族歌手王馨演出照

2017年6月2日，侗族歌手、中央电视台《寻找刘三姐》全国总冠军王馨随湖南省旅游宣传片剧组来到张家界武陵源黄龙洞拍摄。在此之前，王馨已在张家界武陵源等10多个精华景点进行了实地拍摄，瑰丽神奇的自然风光和人文景观随着王馨美丽的身影向世人展示了“锦绣潇湘、伟人故里——

湖南如此多娇”的自然人文魅力。

笔者利用王馨回家乡拍摄宣传片的这一机会，有幸采访到这位两次获得央视比赛冠军，活跃于全国各大舞台的“90后”侗族“新生代”歌星。

雪峰孕育　灵气的小花长出才华的枝叶

人们称王馨是雪峰孕育的“北娃”。“北娃”侗语的意思是最美丽的花朵。王馨出生在雪峰山下的蜜橘之乡湖南省邵阳市洞口县，父亲王周琦是一名优秀的水彩画家；母亲龙水红是绥宁县东山侗乡龙宗麻后裔，曾是县剧团的一名舞蹈演员。活泼可爱的王馨从小在外公外婆的呵护下成长，这里大山的沟沟岔岔里散落着侗族人民，缭绕着淳朴的民风。这里有着得天独厚的地理气候条件，森林茂盛，山奇水秀，被称为“美丽神奇的绿洲”。离这儿不远处的鸡公坡曾是当年工农红军第二方面军北上抗日时与国民党军展开激烈战斗的地方。活泼可爱的王馨在这块红色的土地上成长。她听外公讲红军的故事，听外婆讲《风雨桥的传说》《善良人家》等侗族民间传说。她从小学会用侗语与人交流。侗语是世界上声调最多的语言之一，名列侗族驰名中外的三大文化瑰宝之列，其声调之多，演变之大，为世界有声调语言所罕见，这为王馨走上音乐之路打下了良好的基础。

王馨妈妈说，侗族人太爱唱山歌了。山村里没有多少娱乐，人们宣泄感情的唯一方式就是唱山歌，每天，从太阳升起到日头落下，山歌总是陪伴着侗族人。茶余饭后、逢年过节，就连田间地头的短暂休息，侗族人也会把山歌唱响满山遍岭、浸透坪坝溪谷。即便忙活了一天，到了晚上，侗族汉子们、侗族姑娘们仍然会拉着琴，和着调子咏唱一段有关爱情或者孝道的侗歌，大家乐此不疲。

绥宁的盘山小路崎岖又蜿蜒，坐在外婆背篓里的王馨，一路浸润着侗族的山歌，就像一朵吸满灵气的小花慢慢长出她才华的枝叶。

王馨长到该读书年纪时，在剧团工作的父母把她接到身边，她秉承了父母的艺术天赋，跟着爸爸学画画，跟着妈妈学跳舞，家庭小环境中的艺术熏陶，早早地积淀在她知识的底层。

王馨6岁进入洞口县一小读书，她在学校能歌善舞，活泼可爱，大家除了称她为“北娃”外，还亲切地称她为“馨宝”。她为人谦逊，或许是受到了父母的影响和良好的教育，或许是幼年在侗乡外公外婆家受到了大自然的青山绿水熏陶的缘故。

豆蔻年华，如歌岁月。好学上进的王馨，不仅学业成绩优良，而且从小就表现出文艺才华，她常常对着电视模仿综艺节目里的演员，模仿宋丹丹表演惟妙惟肖，让家人和朋友忍俊不禁。她所在的班集体是优秀的班集体，她在9岁时被光荣地评为“湖南省十佳少先队员”。

荣誉感和自尊心是人格的重要组成部分，需要从小培养。没有什么人能比少年更向往纯洁、美好的理想，向往真理，向往崇高的思想和感情。儿时的王馨最爱唱《我爱北京天安门》。她说：“我长大了，要到北京去唱歌！”这是王馨儿时的梦想，但要实现这个梦想，不知要付出多少的努力，洒下多少的汗水……

寒窗十载　求学之路艰辛又漫长

2003年的夏天是王馨人生的一大转折。13岁的她从绥宁一中毕业，考入中央民族大学音乐学院附中。

当时全国特招只有10个名额，各地的音乐人才会聚一堂，很多都是从小学习唱歌的，但王馨之前很少接触音乐，跳舞比较多。

王馨唱歌没有得到过专业老师的辅导，同时她又是同批考试中年龄最小的一个。王馨对全国特招时的情景记得很清楚，特招考试在学校的18号楼3层的音乐厅。很多父母陪着孩子来考学。王馨说："他们一看就是从小唱歌的。我是我们班年龄最小的。年龄小，不怎么懂事，心态比较好，我一上去就唱：'小背篓晃悠悠，笑声中妈妈把我背下了吊脚楼……'这是宋祖英老师唱过的《小背篓》，当时几位考官听着听着，抿着嘴微笑了。"后来又经过视唱练耳等考试，前后3次筛选。忐忑不安的王馨顺利地考上了中央民族大学音乐学院附中。

千里迢迢从绥宁辗转进京求学，13岁的王馨还是个孩子。从小习惯了家人呵护的她顿时感到了自己的弱小与无助。北京对她而言，不过是一个没有一个熟人的陌生地。最初饮食上的不习惯，让她消瘦不少。她坦言："第一次来北方，鞋穿得不暖，都冻脚；一到春夏之交，北京漫天飞舞的柳絮和杨絮，飘到身上痒痒的。"北京的水质也硬，开水瓶常常结满一层厚厚的水垢，擦都擦不掉。有时泡方便面一不小心，就会掉下一块水垢。尽管生活艰苦，但懂事的王馨为了给家里节省学费，减轻父母的负担，暑假总是在学校度过，很少回家。她不是在图书馆、寝室看书，就是在琴房练习。看书或练琴饿了，就啃几块饼干或泡包方便面应付了事。

放寒假为了在春节与家人团聚，她不远千里踏上回乡路，那时从长沙到绥宁家里没有通高速，路上要花七八个小时，国道、省道、乡道和弯弯曲曲的山中村道变成王馨十几年来求学路的一部分。

然而，生活的苦与累并没有阻挡王馨追逐梦想的脚步。十来岁的她知道，自己需要比别人付出更多的努力才能实现自己的音乐梦想。

最初，对唱歌的人来说都会遇到几个瓶颈期，王馨也经历了痛苦的历程。她说："刚开始的时候，怎么唱都觉得不对、不舒服。唱高音总是破音。当时，我甚至怀疑自己是不是唱歌的这块料，我想还是回邵阳算了。"

后来，通过指导教师的悉心调教，王馨慢慢地找到了正确的发声方法。老师告诉她，唱歌的口型可不能像说话时那么秀气，嘴唇和舌头位置都要到位，像咬一个苹果似的。用气要练，横膈膜的运动也要练，口腔里的肌肉要灵活。有时要学狗喘气，快节奏地呼吸。要练急呼慢吸，也要练急吸慢呼。演唱时，要让头腔共鸣，胸腔共鸣。做到上下贯穿、通畅。

掌握了这些技巧，王馨越来越自信了，也更加懂得声乐是一门复杂的学问。舒缓的旋律、美好的意境、浑厚的歌声，音乐的美就像一股股清澈的溪流，缓缓流淌在王馨的心中。她像一只辛勤的蜜蜂采撷花粉吮吸养分，在音乐的殿堂中徜徉。

2006年，学校特招的10个人中，王馨是唯一一个考上本校本科的。

考上大学，王馨的追求更加明确了，为了把侗族的文化发扬光大，唱出侗歌的精髓，每到暑假，她会在族中长辈的引领下到绥宁东山、怀化通道、靖州、广西、贵州、侗乡山寨走访，听侗族老人讲古老有趣的故事，听族人唱最纯正的侗歌。每一次侗歌采风，她都会虚心学习，思考如何用歌声唱响自己的民族。

琴声悠悠，传递深情；乐韵浓浓，浸润文化。中央民族大学音乐学院是中国少数民族音乐教育的最高殿堂，同时也是我国民族音乐文化遗产传承与发扬的前沿阵地。

王馨打心眼儿里喜欢自己民族的文化，立志做一名侗族文化的传播者，她希望通过自己的演出能让更多的人了解并喜欢上侗族文化。

侗族有句老话："饭养身，歌养心。"在王馨眼里，侗族的山山水水、田间地头都流淌着音乐，如水一般。侗族音乐十分神秘，它不仅来自山间田野，也来自民间传说，甚至以说代唱，将故事标注上音符。

数载寒窗，王馨在中央民族大学即将毕业。此时，她面临着两个选择：考研或者就业。

当时，王馨心里是矛盾的，一方面自己来京求学这么多年，现在大学毕业了，希望早点就业，不再给家中父母添负担，当时也有一些专业乐团向她抛出了橄榄枝。但王馨内心又更希望自己再多读些书，多学习专业知识，让自己再沉淀一点，在技艺上更精进。当时家中父母和老师也一致支持她考研。为了能有充足的复习时间，王馨几乎推掉了一切商演机会。可第一年的考研成绩却没有让她顺利入学。

王馨并没有因此放弃自己的梦想。离开学校之后，她在外面租了房子。在师姐的介绍下，她去了一家音乐餐厅兼职，一来可以保证自己的基本生活开支，二来也可以减轻家里的负担。谈起那段鲜为人知的打工经历，王馨说："在那段时间，我积累了很多歌曲，也让我了解了观众们的喜好，学会了与人交流。"2013年，王馨以专业第一的成绩再次考入本校音乐学院攻读硕士研究生，被著名的鄂温克族女高音歌唱家、音乐学院副教授乌日娜收为门下弟子。2016年，王馨顺利毕业，获得硕士学位。

央视参赛　侗族姑娘二次夺冠

2014年6月，王馨开始做中央电视台音乐频道播出的《争奇斗艳——少数民族冠军歌手争霸赛》参赛准备。她的导师乌日娜给予了极大的支持和鼓励，经过报名、海选，最终每个民族选出10名选手参加冠军争霸赛。比赛6进1时，王馨唱了一首本科升学考试时唱的《侗锦、芦笙和兰花》，刚唱时有些紧张，待她唱到动情之处，不禁想起多年来自己孤身在北京求学的生活情景。“其实辛酸委屈肯定都会有，不过比起那些更苦的人我已经很幸运了，能唱歌能跳舞，我很知足。我觉得爱笑的女孩运气一定不会差，压力大，笑一笑就过去了。”正是乐观的心态让王馨离冠军更近一步。

最终，王馨以一首用侗语演唱的侗族琵琶歌《心心相印》获得侗族“冠军歌手”称号。

2016年6月，王馨开始准备研究生毕业后的第一个重要比赛——由中央电视台主办的国家重点大型歌唱类电视文化活动《寻找刘三姐》。

活动有地方选拔、才艺展示、训练营、对歌机智问答、选手歌舞能力展示比拼等环节设计，由著名歌唱家、作曲家、音乐制作人、音乐评论家等组成专家评委团；由中央及地方各级电视台、纸媒、电台、网络、移动电视等媒体组成媒体评委团，最终决出总决赛冠军。

此次王馨参加央视的《寻找刘三姐》，她经过了几个月的紧张忙碌，一路走来，经历了集训、晋级赛、淘汰赛和各类PK赛。

参赛的3个月里，无论是集训、晋级赛、淘汰赛还是各类PK赛，王馨在每一场比赛前都要认真准备。比赛时，她通常会提前两到三小时吃饭，怕影响发挥，不敢吃油炸的东西。由于民族服装以及装束前期准备耗时长，王馨化妆时得争分夺秒，甚至要抢其他人的化妆空闲时间。而侗族特有的盘发方式，一般的化妆师没法代劳，王馨只能自己亲手一步步盘好。她有时还会准备些青柠檬在身边，为了开好嗓子，表演前就喝青柠檬汁。

在六进三的淘汰赛中，她和贵州黎平的侗族姑娘们以一曲侗族大歌《布谷催春》挺进前三，用天籁之音展示了侗族原生态的独特魅力，感动了专家评委，获得一致好评。随后王馨又以湖南花鼓戏《洗菜心》稳拿前二，在最后的冠军争夺中更是精彩演绎了规定曲目《藤缠树》，征服了评委和现场观众，在众多的精英对阵中，最终斩获总冠军。

唱响全国　音乐之路越走越宽广

成名后的王馨，依旧十分虚心。看到观众对自己的肯定与喜欢，她觉得自己所有的付出与努力都是值得的。

近年来，通过不懈努力，王馨在她的音乐之路上收获颇丰，研究生期间多次受邀参加央视及其他各省市电视台的重要演出。

2016年年初，受“2016两岸梁祝·爱之交响万人音乐会”组委会邀请，王馨作为大陆演员赴台湾演出。凭借《杠凝眉》《龙船调》两首民族歌曲征服了在场观众，赢得满堂喝彩。

2016年4月，王馨参加了中央电视台《争奇斗艳》走基层汇报演出。

2016年5月6日下午，“侗族歌王”王馨硕士学位音乐会在中央民族大学中慧楼音乐厅举行。此次音乐会也是王馨给母校的一份答卷，她将感恩与成长全部融入音乐会中……

2016年5月12日，在第12届深圳文博会上，湘西苗族、侗族、土家族等少数民族演员在文博会8号馆展现了一场湖南特色和文化底蕴的歌舞表演，专程从北京赶来的王馨为来宾们一展歌喉，赢得了热烈掌声，将现场气氛推向高潮。

2016年8月24日，邵阳市新宁县举行了“助学扶贫崀山同行”大型公益活动。王馨登上舞台，她优美的歌声让家乡人民如痴如醉。

参加完助学义演的王馨，来不及换下那件印有“助学扶贫”的白色T恤，从现场坐车两小时，急匆匆地赶往邵阳火车南站，在家人的簇拥下等待着K581次火车。王馨第二天要参加央视《游乐天下》栏目在广西兴业县的场景拍摄，由于晚点，等到凌晨两点火车才来，送她上车的家人、亲友和记者看到她疲惫的身影都很心疼。当时，她完全有理由推掉新宁助学扶贫的这场义演活动，但为了家乡66名困难学生，她没有这样做。尤其是她不但捐出了会务组付给的所有劳务费，而且不要会务组承担往返的机票、车票费用等，令人十分感动。

2016年9月26日，洞口县大屋瑶族乡举办捐助扶贫爱心活动，王馨接到邀请后，从北京赶回湖南邵阳洞口县，用歌声赞扬爱心人士。她那清亮动听的歌声，深深感动了家乡人民。

此次文化扶贫之旅，正值以“关爱生态、保护环境”为主题的农村公益电影《追着幸福跑》开机仪式在此举行。王馨应剧目组之邀出席了开机仪式，演唱了《路越走路越宽》《远方的客人请您留下来》等歌曲。这也是王馨第一次回到家乡洞口为贫困地区父老乡亲义演，她动情地说：“剧组在这么艰苦的条件下拍电影，是对公益事业、环保事业的一份责任，也是文化扶贫的实际行动，我有义务参与到行动中来。”

2016年国庆节，王馨主动放弃陪父母旅游，受邀参加央视举办的国庆活动。王馨与音乐界人士一道在2016年国庆音乐会上献歌，她与阿幼朵、杨西音子、符南、张帆、新派民族歌手同台，在《江山如画》《我们共同的家》等20个音乐节目中演唱了具有各民族风情的歌曲，用歌声赞美祖国，奉献赤诚之心。

2016年10月19日，在央视录制完节目后，王馨又马不停蹄地回家乡参加湖南省纪念红军长征胜利80周年系列活动——《长征组歌》大型交响合唱音乐会。11月4日，参加完由文艺报社、怀化市文联携手举办的走进湖南省“通道转兵”之地县溪镇慰问演出后，又赶回北京参加央视《直通春晚》等大型节目的录制，并成功晋级《直通春晚》名单。

2017年1月31日，王馨参加央视新春特别节目《美丽中国唱起来》新春走基层慰问演出活动，在海南保亭给全国人民拜新年；2月参加央视《星光璀璨演唱会》元宵特别节目录制。

2017年5月4日，参加央视音乐频道《一起音乐吧》节目。5月13日，参加在湖南岳阳汨罗市汨罗江国际龙舟竞渡中心举行的由中宣部组织的“爱我中国，圆梦中华”——《我们的节日·端午》全国文明村镇文艺展演暨中国汨罗江第十三届国际龙舟节，演唱原创歌曲《世界有条汨罗河》。

2017年5月16日，王馨“爱心捐赠仪式”在贵州黎平县三中大礼堂举行。她作为一名侗乡歌手，对侗族家乡怀着一份特殊的情感，她用自己刚刚毕业走向社会挣的3万元捐助了10名学生。

在接受记者采访时，王馨坦言：“在我看来，自己就是一个普通歌者，而人生可做的有意义的事情又是那么多。我希望用我的每一点精力，为社会、为人类留下一些美好的东西，把我们的民族文化发扬光大，用歌声为我们长长的人生铺下一道道美丽的彩虹！”

后　记

《似水流年》是我继《人生何处不起飞》之后的第二本书。从《人生何处不起飞》到这本《似水流年》出版，时间跨度刚好10年。这正好应验中国一句俗语：十年磨一剑。

确切地讲，十年磨一剑是不准确的，因为这本书里的作品从最早发表于1990年8月23日《邵阳日报》副刊《双清》的处女作《师徒》，到2022年3月18日发表在《湖南日报·湘江周刊》的散文《走进洪家山》，时间跨度整整32年。

32年，人生能有多少个32年？

32年来，我从没停下过脚步。最初写文章，纯属业余爱好。随着年龄的增长、环境的改变、职业的变换和时代的变迁，写作不仅是我的一种爱好，更是一种无形的压力，一种社会责任。

艺术来源于生活，高于生活。每个人都向往所谓的灵魂自由，不受束缚，还得财富自由，无牵无挂，这显然不是常人能随便实现得了的。其实，在任何一种生活场景里待久了，也会厌烦和焦虑，只是不同的场景有不同的心理感受罢了。

要静下心来写点东西，是要耐得住寂寞的。耐得住寂寞，才能升华自我，享受孤独；耐得住寂寞，是一个人高级的修养。耐得住寂寞才守得住繁华，熬得住孤独方能等到花开。

就在我为这本书写这篇后记的时候，窗外艳阳高照，蓝天白云，人们纷纷走出家门，尽情享受难得的五月艳阳天。而我独坐桌前让大脑运转，手指摩挲着键盘，让一行一行的文字出现在显示屏上。

这些年来，我不知道自己放弃了多少个节假日，牺牲了多少休息时间，沉浸在与文字为伍的世界里。当别人坐在电视机前看电视、用手机看视频，坐在麻将桌前玩牌或在卡拉OK厅里唱歌、劲舞放松心情时，我却在电脑桌前费脑伤神。

早些年写作完全迫于无奈，工厂不景气，屈从于生活压力。那时是没有电脑的，网络也没有如今这样普及。写稿，也是真正的手写。一篇稿子出炉，先写出初稿，在稿纸上改过若干遍后，才能定稿。然后把文字一笔一画工整地誊写在方格稿纸上，装进信封，贴上邮票投寄给报刊。至于稿子是否能采用，完全取决于报刊编辑。为了提高效益，我常常用圆珠笔写在复写纸上，一式多份，同时向多家报刊投稿。那时网络还没普及，投出的文章发没发表，全靠报刊编辑老师寄来的样报和稿酬方能得知。因此，有时一篇文章常常会同时被好几家报刊采用。这除了赚取稿酬，改善家中经济窘境之外，同时也提高了自己写稿的兴趣和自信。

《似水流年》这本书大部分的文章是在那个时间段写的。我右手食指和中指因用圆珠笔写字，长时间地受到摩擦，便形成了厚厚的一层茧。中指严重向左偏。日复一日，年复一年，写过的草稿纸堆在家里成了小山，只可惜，后来搬家时都当垃圾处理了。那时的我，倒是练成了一手好的圆珠笔字。现在我回想，那时稿件录用率高的原因，也取决于那一手工整得体的圆珠笔字。

2003年，家里买了第一台电脑，用上电脑后，用笔写字就少了，投稿都是用打印机打印出来，省去手写的麻烦。一晃20年，家里的电脑换了几台，想想，这日子过得实在是太快，以至于我把这本书名取名为《似水流年》。

2008年12月，我曾经工作的单位湖南省汽车制造厂启动国家计划性破产改制，到2015年12月，工厂破产改制收官。我为工厂写了最后一个总结报告:《尽心尽力尽职尽责　不负重托不辱使命——湖南省汽车制造厂破产改制圆满收官》。写完这个工作总结，我也完成了自己的使命。我早在2009年在工厂启动破产改制期间，就曾向上级有关部门写过一个报告，请求安排我再就业。

报告递上去后，没有回音。我这人有股文人的傲气、军人的骨气，既然人家不搭理我，我也不去纠缠。工厂启动破产改制期间，把我作为留用人员，参与企业破产改制的一些工作，临聘多做了几年事。

虽然被留用，待遇并不高，也不是长久之计。为了生计，我只能利用业余时间和休息时间到外面兼职做些临时性工作。那时候，尽管我每天要面对一大摊子的琐事，但也没有放弃写作。那时，我家里还有4位老人：父母、岳父母，他们年纪都很大，疾病也多，我隔三岔五地就要抽空回去看看，给老人买些或做些好吃的送回去。父母虽与我同居一个城市，照顾方便，但也要费时，一旦老人生病，晚上得去医院陪护。那时候小孩也正在读高中、读大学，家里开支多、压力大，时间紧张得一天恨不得做两天用。在此期间，我被双清区人武部临聘担任《双清区军事志》的编纂工作，同时还兼职一家媒体的新闻网络编辑，天天忙得团团转，虽然钱赚得不多，但日子过得格外充实。

有人曾问我，你一人兼顾两头，工作怎么安排得过来？当时，我的很多工作都是在夜晚完成的。那段时间，我最怕出差了，工厂破产改制，因工作原因，经常跟随着一位负责人到省城甚至到北京接人。有时一待10多天，媒体这边的工作不能丢，网站的稿子天天要更新，住的都是廉价宾馆，房间没有配备电脑，自己只能利用空闲时间，跑到宾馆附近的网吧编稿，幸好那时稿子还不算多，不像现在，多则一天要编发四五十篇，有时忙得连喝水的时间都没有，一天工作下来，常累得腰都伸不直。

《似水流年》共选入本人发表的各种体裁的文学作品共计56篇，20万字。一字一句都是我的心血凝聚而成，今天能结集成册，得感谢出版社及大家的支持。感谢邵阳市文联的领导；感谢市社科联主席张千山，在申报文艺创作项目上给予我极大的鼓励和支持；感谢邵阳市委宣传部常务副部长、市新闻出版版权局局长黄光荣战友在百忙之中抽空为我写了序，并在《邵阳日报》的《百家论坛》栏目做头条，分上下两期全文发表。还要感谢湖南日报社邵阳分社的各位领导和同仁，不论是这里的领导还是新老同志，他们待我如兄弟，每天亲切地称呼我：老肖、肖编、肖老师、彪哥。10多年来，我与他们朝夕相处，虽然平时在工作上也有些摩擦，甚至还有些争吵，但结下的这份友情不会忘却。在这里，我还要感谢我的妻子贺爱荣，在我从事文学创作时一如既往地支持我，在我文章措辞过于激烈，段落言辞偏激，把握不准要她帮我过目征求看法时，她会静下心来认真地细看，向我指出文中的某些不足，有些段落和句子被她看后，第一时间遭到她的“封杀”。她是我文章中的第一审核，被我和女儿戏谑地称为我们家庭中的“贺政委”。写到这儿，后记也该收笔了，但愿这本书的出版，也像我的第一本书《人生何处不起飞》一样能有市场，能被读者所喜爱。由于时间有限，出书仓促，书中的缺点一定不少，还望大家海涵。

肖毅彪

2023年1月